◆◆ 中国文学名家散文精选丛书

一入烟萝

刘世芬　著

江西高校出版社
JIANGXI UNIVERSITIES AND COLLEGES PRESS

南　昌

图书在版编目（CIP）数据

一入烟萝 / 刘世芬著 . -- 南昌 : 江西高校出版社，
2025. 6. --（中国文学名家散文精选丛书）. -- ISBN
978-7-5762-5640-6

Ⅰ . I267

中国国家版本馆 CIP 数据核字第 2024GD0326 号

责 任 编 辑　龚　振
装 帧 设 计　夏梓郡

出 版 发 行　江西高校出版社
社　　　　址　江西省南昌市新建区工业二路 508 号
邮 政 编 码　330100
总 编 室 电 话　0791-88504319
销 售 电 话　0791-88505090
网　　　　址　www. juacp. com
印　　　　刷　鸿鹄（唐山）印务有限公司
经　　　　销　全国新华书店
开　　　　本　650 mm×920 mm　1/16
印　　　　张　13
字　　　　数　160 千字
版　　　　次　2025 年 6 月第 1 版
印　　　　次　2025 年 6 月第 1 次印刷
书　　　　号　ISBN 978-7-5762-5640-6
定　　　　价　58.00 元

赣版权登字 -07-2024-1061

目 录
CONTENTS

第一辑

时间海

时间海

　　小区所在的钱塘江边，还保留一些20世纪中期的遗迹：造型丑陋的丁字坝，废弃码头的基座，某个工厂的残痕，蚀透的石桩……这些残存物位于江边的水中，因时间久远，废墟上铺满杂草和乱树。当然在春天时也摇曳着各色小花，秋日更成为上帝的调色板，加之江滨花园及绿化带的背景渲染，让人无论从江堤的哪个方向看去，都是一张无边框的水墨画。也不知道是在什么时候，这个地方竟成了免费的婚纱拍摄外景，引来一对对新人和浩浩荡荡的摄影队伍，春夏秋冬，络绎不绝。

　　十年前，我住进这里时，这些遗迹还相对完整，十年后的某一天，恰逢中秋，钱塘潮从盐官镇那里一路撒欢儿，"体力"消耗掉了许多，到我们这里已经"气喘吁吁"，但目测还是颇为壮观，这时，我把目光投向那片废墟，原来，它们已被这十年"抚慰"得越发"靡废"。

　　十年前，那个丁字坝看上去还像正值"壮年"，厚重的水泥板被粗大的水泥柱架起，与水面呈现大约30度的夹角，斜着伸入江中，每天都有不少人雷打不动地坐在坝体的两侧钓鱼。到了夜晚，他们的鱼竿上跳动着霓虹一样的彩灯，与浩浩江面形成奇异的照映。然而，不知哪年开始，坝体的入口处被垒起一堵墙，意图明显：不能再到坝上钓鱼了——危险。江边的广播喇叭每到中秋之前，便会一刻不停地循环广播"安全观潮注意事项"，江边绿地的宣传橱窗里张贴着各种观潮悲剧事故，江边散步的人们也口口相传着某年某日某人被潮水吞噬的恐怖场景……这样的时候，丁字坝口的那堵墙，意图再明显不过。想必每个江段的政府机构都签订了责任状，如果在自己的责任范围出观潮事故，岂不像游泳池一样，安保责任能逃脱吗？

诚然，每年只有一个中秋，涨潮也只在每天中的一个时间段，涨潮之余的所有时间，江水显得妩媚温柔，那些钓者难免手痒。起初他们在旁边随便搬几块残砖，垫起来，一跃就翻过墙去了。于是，墙就成了摆设，墙根下残砖丑陋，墙的那边，钓家依然一字排开，花花绿绿的太阳帽、太阳伞让人以为到了海边，伞下的人一竿在手，悠然自得，吸烟饮水，兀自峇然。

这样的日子过了一段，后来墙根的残砖被清理，换成了一两个简易的小梯子，再后来是一辆破旧自行车，钓家登着自行车的支架照样翻墙而过。这样的时候，墙边的"安全告示"再恐怖，人们依然置若罔闻，那个丑陋的废坝，充满着巨大的魔力。

倏忽间，十年，轰然而过，欢然而过，凄然而过，随天地，随风雨，随日月。再看那坝，竟然单薄了许多，立于水中的水泥柱显得细弱而单薄，曾经厚重庞大的水泥坝体也被冲刷得千疮百孔，整个看去，摇摇欲坠。当中秋大潮咆哮着"发怒"时，这坝更显得老态龙钟。连以前苔藓们喜欢"光顾"的坝沿，也变得光秃秃的，苔藓也难以附着了。

第十年的中秋，坝上空无一人。原来，那堵墙的顶端被固定了一排尖利的钢齿，明显难以撼动。那一个个提着鱼竿站在坝前的钓者，目瞪口呆，束手无策，无奈而去。

离坝不远的江水中，有一处废弃的建筑，十年前已难辨原貌，杂草乱树覆盖了石块、水泥段以及像是断墙的废弃物，但那时至少还呈现一个"山"的轮廓，潮水涌来，先在这"山"下狂野地拍打一下，掀起吓人的巨浪，发出震耳的轰鸣，然后再缓缓地喘息、减弱、远去。一年又一年，这"山头"是眼看着"矮"下去的。第十年的时候，"山"的脊背已经低低地"驼"下去了，原来扎进水泥、石块里的构树、无患子、蒲苇、芦苇等，渐渐裸露，失去依怙。特别是那些还算成形的树，竟然被冲刷出许多树根，粗细不一的树根被江水一波波冲刷，死死地抓住并不牢靠的砂石，不知不觉地，在我的眼皮底下活了十年。当今年的大潮扑来，我眼睁睁地看着树们、草们、根们，在波浪中顽强地抗争。那一片江水和"土地"也眷恋它们，死死拽住不肯放手……我悄悄担心着，假以时日，倘若潮水够猛，而抓力不足，它们会逃过被冲走的命运吗？

古诗曰：江月年年只相似。

而那个男歌手也用歌曲《十年》表达他江流般的感伤：十年之后，我们是朋友还可以问候，只是那种温柔，再也找不到拥抱的理由……

十年之后，我面前的江体，现场演示了何为"沧海桑田"。

小区里有一棵老香樟，历经岁月雕镂琢蚀，其容貌让人想到"史前"。谁知，在相当于人类的耄耋之年，竟然一次次做了"母亲"：在它的"腹部"分岔处，勃然"生"出两棵树：一棵构树，一棵三角枫。那颗构树已然成材，碗口粗的枝干下方四下横斜的树根扎进老香樟的母体，上身则与香樟枝蔓交缠，蓊郁的花形叶片与香樟树金钱豹般的点状叶子簇拥在一起。还有更神的，在那棵三角枫根部下方半尺左右，一个深陷且圆硕的大"眼睛"里，刚刚长出一棵纤细的树苗，小小的叶子娇羞地探出头，像燕巢里的雏燕，好奇地打量着这个陌生而新奇的世界……

在居民眼中，这棵古樟早已"成精"，神性四溢。只看其根部，从露出地面一尺左右，向天空一分为二，像两个分家不离家的兄弟。每个分枝都要三四个成年男子伸展双臂才能合围，主干的"腰围"就可想而知了。知情者说，此树未能标出树龄，是因为没人能测算。当地粗通文墨者说："什么夏、商、周、春秋、战国……那都是它的 N 辈子孙！"

经常有人围着古树徜徉低吟。开发商也因树设路，把老香樟当作镇区之宝，"安置"妥妥的。那是一条小区主干道，老树位于中央，形成一个环岛，树根四围用精美的大理石砌成正方形，走到古树跟前时，行人和车辆就像流水遇到江心屿一样被分流，每一个走过她的人无不仰面瞩望，一派岁月绵长、人间静好的景象。

看上去，老香樟虽"满头秀发"，但枝干老朽、枯败，满身"疮疤"，树身的不少角落已经坏死，腐坏的树皮上附着一片片暗绿的苔藓。想当初她或许贵为"千金小姐"，显得一派袅娜。然而几度光阴流转，它竟成了衰老的"祖母"：身体多处被虫蛀空，后人用水泥把空洞抹平，全身布满大小不一的切痕，一个被切割的老旧枝干的断面也有磨盘大小，可依稀看出规则的纹路。树根周围几片粗厚的树皮散落在地面上，茂密的树叶覆盖着每一段苍老干瘪的树身。每当站在它面前，我总是生出紧紧拥抱的冲动。

树木常被认为是雄性的，这棵香樟在我眼里则充满母性。在一幢幢高楼住宅的俯瞰之下，老香樟安详地静立。小区的前身是一个江边渔村，想想吧，可能自从开天辟地时起，村子所在的这片土地就开始经受着风吹雨打。不知从哪一代开始，一个先民来到江边，后来便村落俨然，黄发垂髫，代代无穷……至于老香樟哪年哪月在此出生，最精密的仪器也难以测量了。它的根部距江岸不过 200 米，从几千年前它生根发芽的第一天，钱塘江改道，潮水冲刷，江风呼啸，几千年战火连绵，电闪雷鸣……相比那些短命的同伴，山河和岁月选中的，为何是它？

每天早晨，我围着它仰视，惊叹日月精华的不老传奇。它以昨天的葱茏、今天的苍郁，横越千古，包孕天地。在它面前，谁还去分辨皇帝与乞丐、大师或草根呢。它足够古老，老得被上帝遗忘，却被天地挽留。令人类顶礼膜拜的是，人类再怎么金贵、养生，寿命也难望其项背，我们上 N 代，这一代，下一代，下 N 代，都去了，它仍在。

看过一张 146 岁印尼老寿星姆巴·戈多（Mbah Gotho，1870—2017）的照片，老香樟让我想起他那张被岁月犁满沟壑的脸。2017 年前，他和古樟，皆泯然于世，活得不疾不徐，其存在和继续存在，远远超出了我们对人类生命的认知。他们似乎告诉我，世间除了生死，都是小事，人生得意不必尽欢。无论前方是多么美丽的风景，也不要匆忙抵达命定之处，繁华慢慢地来，才会慢慢地去……人生要练就的，是否就是他们这份不慌不忙的淡定和顽强呢！

小区不远处有一座教堂，外墙上刷着一句话：这是我的命令，你们应该彼此相爱。

一棵"怀孕"的古树，挂满生命的爱意和喜感，让人类明白洪荒与须臾。她就站在那里千百年，不悲不喜，不哭不乐，老而不衰，仍忙着孕育。作为灵长类的我们，有何理由停滞呢。

茨威格写过一本书《人类的群星闪耀时》。这本小书还有一个意味深远的副标题——十二幅历史袖珍画。

历史！一旦扯上历史，谁还能逃脱时间之海的淹没？

歌德曾满怀敬意地把历史称为"上帝的神秘作坊"，洪荒远古，漫漫长河，惊心动魄的十二个瞬间，人类文明只是匆匆一瞬。茨威格笔下那些极富戏剧性并且生死攸关的时刻，往往发生在某一天、某一小时，甚至常常只发生在某一分钟。虽然在个人的一生中和历史的进程里都是难得一见的，但它们的决定性影响却超越了时间。令我念念不忘的，就是那篇《攻克拜占庭》。

那个神秘的、荒诞的、被忘却的小侧门——凯尔卡门，竟改变了一个国家的命运、一个盛大区域族类的趋势，以及整个人类命运的走向。

只有八千守军和坚固城墙的拜占庭，被拥有十五万大军的土耳其人包围时，或许破城的最终结局只是时间问题了。然而在苏丹最精锐的后备部队的最后一轮进攻中，一个被拜占庭人遗忘、无人守卫、被称为凯尔卡的小门，让土耳其人突入城中，从而导致拜占庭永远的陷落。或许如果这个小门不被遗忘，拜占庭也只是能够多守几天，或者一两个月，最终还是陷落；又或许多支撑的时间让他们能够等到欧洲的援军，抑或苏丹的后方出现问题而放弃攻城。即使是最保守的前一种情况，也足以对世界造成不可忽略的影响。可是，大敌当前，他们竟然忘记了这个大开的小门，以至于让苏丹人以为是敌军的"诡计"，犹豫再三而不敢进入，然而，历史就在这里定格了——那诡谲的蝴蝶效应，地球上演个小的改变，也可能带来巨大的影响。这个小门，只需要任意一个拜占庭人灵光一现而把它关上，只是这一瞬的缺失却成了永远的奢侈。

英国作家毛姆在成为作家的过程中，经历了一扇相反方向的"凯尔卡门"。

刚过而立之年的毛姆虽出版了包括《兰贝斯的丽莎》在内的三部作品，但他那时已经弃医从文，以文谋生遇到了生存的瓶颈，他试图写剧本转圜，"以剧本养小说"，然而，他的几个剧本总是不能被剧院经理认可，他自己最满意的《弗雷德克夫人》一剧在伦敦的十七家剧院经理手中推来推去，理由是没有女演员想演女主角，而另几个剧本也是墙倒众人推般无人理睬。

　　伦敦的舞台没有毛姆的一席之地，这使他心灰意冷，不得不做出一个"弃文返医"的决定，他打算回医院学一门新科目，去做一名航海医生。在实施他的新决定之前，他不顾囊中羞涩，买舟南下，去意大利旅游了。

　　正当他流连于西西里的那些古老庙宇时，却收到英国皇家剧院导演奥索·斯特劳的一封信，原来，这位导演正处于业务萧条时期，很想找个剧本上演五六个星期，作为权宜之计以维持局面。毛姆的一位朋友正极力向奥索兜售《弗雷德克夫人》，巧合的是，当时伦敦一位红极一时的女演员正处于空档期，心血来潮般想演女主角……毛姆立即告别西西里那些古建筑，赶到那不勒斯港乘船回到伦敦。而这时，命运之神的"凯尔卡门"还没完全向他敞开，倘若《弗雷德克夫人》剧不成功，他仍然有"返医"的可能，谁知《弗雷德克夫人》剧大获成功，并从此使他成为一个备受瞩目的剧作家活跃在剧坛。他不但没有"返医"，在此后的二十六年间，又有二十九部剧作上演，最辉煌的时候，伦敦在一天内同时上演他的四部剧本……导演奥索从正面打开的这扇"凯尔卡门"，终于让毛姆固守文学阵地。从此，医学界少了一名航海医生，却为世界文学界贡献了一位著名作家。

　　一旦陷入时光之海，人类命运大抵如此。

"握笔"二字，曾让我颇费周折：先是敲成"写字"，可一想，"写字"与"写作"极易产生歧义，遂改为"书写"。可是书写也与写作有交集啊！没想到，平时也算"侍弄"文字的我，竟连"写字"和"写作"都言不及义了，对于自己表达上的退化，很是恼怒。

犹豫再三，才定为"握笔"——该可以望文生义了吧：握笔者，手写也，瞬间就与在电脑上敲键盘区分开来。

得知几位花甲前辈在写作上宝刀不老，电脑、网络不输年轻人，想必他们用手写的机会也大大缩水。就像我的今天，打一个字，电脑上用五笔，手机上用拼音，居然自如。有时为了记个灵感"火花"，竟然毫无羞愧地放下钢笔，干脆偷懒在手机"备忘录"里按点起来……猛然间警醒：我那一摞日记本，闲置了多久？

自从参加工作，我随身的包包里都装有一个小小笔记本，尺寸为64开，封面各异，粗略统计已用过上百个，塞满一个大大的抽屉，数度搬家，不曾丢弃。手机"智能"之前，这样的笔记本须臾不离，无论走到哪里，灵感闪光的刹那，将小小"火花"随手记录；读到好的字句，也抄在本子上。这个本子极具私密性，不必担心字体不美观。这样的本子，过上几年，拿出来翻翻，彼时彼地的情景立即跳到眼前。异样的亲切，如同另一个自己。多年间，用完一个本子的周期，从几个月到半年不等，仅各式库存新本积了厚厚的一摞。

可是，自从智能手机登场，开始时习惯还在延续，但是换本的时间明显拉长。先是半年用一本，后来一年也没用几页，渐渐地，不知从哪天起，包里的小本竟被冷落一旁，此前的所有功能统统转到手机的"备忘录"上。比如，听到好的句子，开始还拉开包，拿出本和笔开始记，可是记那么一两次之后，明显感到麻烦，因为手机就在手边，打开，找到"备忘录"，几个小键一通按点就记录好了！当然，网络也跟着"推波助澜"，智能手机的微信功能自然带动了手机的网络应用，某些好的字词甚至省了打字的程序，直接从微信或网页上"复制"，再"粘贴"，而后集中在某天统一发送电子信箱……那小本，命运堪虞。

直到这一天，猝然发现，冷寂于包包里的小本，久不被翻开，竟有一两年不曾更换！这才打量自己以及身边这个倏忽闪变的世界。痛惜纸本退出历史舞台，有点像大街上越来越多的实体店被网络打败，惨兮兮地愣在那里茫然无措，我的纸本也被"微"进冷宫了。

随之而来的是，身边一些朋友开始练习书法。开始时尚有些不解，难道他们真的老了？只好用书法打发时日？可又一想，绝不可能，我的几位朋友都是作家，平时惜时如命，连吃顿饭都嫌浪费时间，岂能倒退到那个地步？当有一天我从包里掏出纸本又嫌麻烦再塞回，在手机里一通敲打的那一刻，立即理解了他们，我知道他们在极力挽留一种握笔的感觉——键盘上再也找不到"写字"的快感啦！

之于我，纸本的隐退直接导致的就是字体的退化，直至羞于示人。一直以来我的字体尚且被赞誉为"游若蛟龙""遒劲刚健"，然而至今，有的字竟忘了笔画顺序。有一次给一家杂志总编写回信，几句而已，因那位总编一直不会用短信、微信，平时都是通过电话和写信交流，我也只好顺应他的习惯。都准备好了纸和笔，可转念一想，这样岂不泄露了自己那极不雅观的字体？于是立即打开电脑，建立一个 WORD 文档，把想说的话让键盘代劳……

事后，这样的"藏拙"让我羞愧难当，想想那位总编用钢笔为我改稿，文章发表后再把带有修改痕迹的手改稿邮寄给我，至今我还没见过那位总编，这可是真正的"见字如面"啊！瞬间内心一阵温暖，继而双眼濡湿，那份留有总编手迹的修改稿一直被我像宝物一样珍藏着。

元旦前我到中央芭蕾舞团采访，真真触及了灵魂，目睹了时代的飞速前进：此前每次采访，我都随身带一台11英寸笔记本电脑，凭借多年练出的打字速度，无论被采访者语速多快，都能记录百分之八九十，而这次的采访极为特殊，临近节日，他们的日程分外密集，坐下来跟我聊天已是奢侈，我只得在练功房、排练剧场的两个节目的短暂间隙见缝插针。但这时候，倘若我再端着一台电脑走来走去，显得多么矫情、笨拙！幸好采访前跟北京朋友吃饭时，我被面授机宜——下载录音转文字软件。

录音转文字？我竟不知自己被时代落下了多远。

这也让我想起，我已有多久不曾写字了——不是键盘写作，是用手用笔，在纸上一笔一画地写字！有一天傍晚散步，走到地道桥旁的僻静处，是一个临时的工地。一些卖消字灵、手机壳的小商贩偷偷地在那里摆摊。那天很冷，小雪刚过，地面上的雪还未化，我从地道迈上台阶，看到一个商贩，他卖的东西是大小不一的纸质笔记本。

我在周围徘徊了一会，那些本子设计得精美、奢华而简约，印风景、人物应有尽有。然而，这在多年前曾是友人间馈赠的佳品，如今却孤零零的，久久无人问津。

是否，人类在不经意间，"写字"的能力也经历了一曝十寒、沧海桑田的"地壳运动"？时代的变迁，往往连招呼都不打。未及转身，那呼拉拉的风尚标，已怡然倬立，转而又云淡风轻，时代又变迁了。

某年秋天，我路过东戴河，发现海滨公路旁有一座楼盘，叫"时间海"。

远远望去，这三个大字高高地悬挂在一幢高楼顶端，而它俯瞰着的公路另一侧，就是一望无际的浩瀚之海。一悬一望之间，就有了一种特别的意味。

"因为是二十岁，因为是三十岁，马上就要四十了，把时间分成分秒，把自己关在那里面的种族，在这地球上人类是唯一的一个，唯有人类会利用年龄这个缺点去花钱，会让人去消耗感情，这就是人类以进化的代价，得到的新的灾难"；"我的人生只要不发生任何事就好了，希望现在的生活每天都能重复"；"反正今生大家都是第一次，此生的每一刻都是第一次"……

这些关于人类与时间的"反刍"，来自韩剧《今生是第一次》。有那么几年，我被"韩流"裹挟着追了几部剧，发现竟有许多挖掘到了人性褶皱的深处、再深处，我竟随之沉入了时间之海。

时间海还是一片宁静海。人处于"宁静海"时则总是质疑"为什么风儿还不来，为什么浪花也不在"。时间海有时也会成为"波涛海"，祈望何时风平浪静。

《荀子·劝学》中有"白沙在涅，与之俱黑"，白色的细沙混在黑土中自然变黑。时间，环境，对人可以摧枯拉朽，电影《教父》里说：花半秒就看透事物本质的人，和花一辈子都看不清事物本质的人，注定会有截然不同的命运。

"我排着队，拿着爱的号码牌，我往前飞，飞过一片时间海"——人生许多这样的《遇见》，都拜赐于时间海。东野圭吾在《白夜行》中写到："世上有两样东西不可直视，一是太阳，二是人心。"

还有一样：光阴。

天地洪荒，尽在，时间之海。

天空是个动词

时值一年一度的注册会计师大考成绩公布，小女友发来"喜报"：报考三门，皆通过。我立即与她约饭庆祝。邻桌已坐了两个女孩，这家饭店偏西餐风格，厅内安静，邻座女孩高分贝的对话毫无障碍地传来，原来她们也刚刚得知成绩，正热烈地讨论着。引我侧目的，是她们的话题很快转向一个月后即将去往各地的年审出差，其中一个女孩兴高采烈地反复说着一句话：呵，拉着行李箱去机场……

我不由得被她吸引，隔着我的朋友和她的朋友，我俩时而相对，眼神偶尔碰触，此时那里亮晶晶，激动处目光灼灼，面色绯红，对远方的向往，闪烁跳宕，仿佛远方那些极不确定的风险，也不能阻止她的出发……我被她们的情绪深深感染、吸引。并且，我的激赏，她肯定接住了。

乍看去，就是一个极普通的女孩，每天出入写字楼的小白领，吃着极为普通的饭菜，却聊着并不普通的话题——注册会计师（下称注会）。

事实上，当我的小女友开始报考注会，才懂得这个名词的深义：淘汰率高于报考清华北大。此刻，她们正在为能够"拉着行李箱去机场"相互勉励、摩拳擦掌……此后，这句话又被她们多次重复，毫不掩饰对旅途的向往。

我的职业与她们相去甚远，在旅途面前却与之高度同频。我并不讳言自己的每一个微信头像都隆重地代表着下一个目的地，也愿意始终对世界端持一种新奇感。听她们谈论出发，胸腔内那架"机器"的匀速跳动又一次面临失衡，它咚咚地弹奏着心弦，敲击着心魔，撩拨着，挑逗着，催促起飞，越远越好，越高越妙……

对面的两个女孩，话题依然热烈。我和小女友商量与她们合并餐桌，小女友兴奋地说正想跟她们探讨今年的考试呢！

当我们四人面对而坐，三个女孩围绕注会的话题立即被梦想烤热，而由此生发的旅途畅想更把我们一起点燃。

我对她们讲述英伦才子阿兰·德波顿写过的《机场里的小旅行》，开篇就是"准时虽然是我们对旅行的基本要求，我却经常希望自己的班机能够误点——这样才能被迫在机场里多待一点时间"。

希望飞机误点而延长出发的快感，难怪阿兰·德波顿称自己"很少向外人透露这种隐秘的渴望"。是啊，试想他把渴望误飞机的想法传达出去，不知招来多少围攻。可是，我在读到这第一句话时，竟然偷偷乐了。

此前也曾读到日本学者大前研一在《低欲望社会》里所呈现的日本年轻人的躺平状况，一张张厌世脸，仅靠一部手机解决生活全部……然而我所崇拜的英国作家毛姆在一个世纪前就已经开始了"行李上的生活"，更是庆幸身边叽喳不停的这几件兴奋的"行李"！机场，飞行，行李，天空，每一笔画都被梦想镶了金边，一只叫做"飞翔"的小兽，在嘶喊。拉着行李箱去机场，固然有生存，有职场，有险境，但我更愿相信那是一种人生的撑杆跳，梦想的高飏。

生命最完整的样子，一定是在旅途。一个人对旅行的态度，折射了他对生活的理解。一个懂得旅行的人，必然比困守一隅的人多了探究真实、了解未知的勇气和激情。无数可能将在这一刻引发，无数雏形将被塑造，无数设想将付之行动，无数未知将被求证，无数梦幻将得到成全，无数奇迹就在飞机微微仰起的瞬间，成为现实……同时，无数的思绪，也在起飞的刹那，被抻得美丽、质感、悠长。

渴望飞翔的年轻人必不会让自己颓废、沮丧，他们时刻为梦想做着脚踏实地的准备，未来的某一刻一定会成为那个希望中的自己。

忽然明白，对于他们，机场、天空，分明是个动词呵！

车行京东高速。车窗外的天空，云、机共舞，天象奇特。几架飞机，出没于云丝漫卷的天幕下，或高空平飞，或将要降落，或刚刚起飞，飞机俯冲的方向就是机场。据飞机的仰角，可知其将飞抵的城市方向……高速路上疾驰的我，目送着飞来飞去的机影，恍惚着，悸动着。

这片神奇而忙碌的飞行空域，制造着眼花缭乱的位移。平飞的，在万米高空，静如处子。一个小小的银白色鸟迹，拖着一条粗细均匀的白线，像飞在高处的鹰，由于远离视线而淡化了它本来的速度和动感，柔美而娴静。低空的飞机，动如脱兔，刚刚起飞或将降落，发动机的呼啸敲击耳鼓，巨大的机身清晰可辨，东航、厦航、国航等图标印在天空。它们高高低低呈现一个仰角和斜角，向离开我的一侧倾斜着，倏忽间，跃到一个惊人的高度。

正是黄昏，微云娴雅，夕阳幻化成五颜六色的霞霓映射在天幕。这时，远处一架飞机，带着太阳洒射金属的反光，静悄悄地闯入视线，接着又有一架鱼贯而来。相向的方向，错落飞行的，彼此擦肩。有时，天空同时出现三、四架，一幅云、霞、机的空中大写意，像极了构思奇巧的静物素描。云丝的游动，进一步凸显了天空的动感和忙碌。云层不断增厚，飞机时而隐现，更增添几分神秘和诡异。

人的力量和自然的奇谲，同时在天空彩排。

想起幼时，彼时的天空干净、贫乏，远没有现在这么多的飞行器。常常坐在自家的屋顶，目光漫过参差不齐的树梢，望向没有边界的远方。远方有什么？这是每天上演的童年之问。这份沉默与多思，让大人们发现了我与同龄小孩的不同，但那时果腹都难，谁能顾及你的思远。好在，我完全沉溺在自己的世界，当有一天，蓝蓝的天空突现一条不甚规则的白线，一只比鸟还小的飞机悠悠地飞在天空，飘逸的白线悠游梦幻，引我恨不得上去抚摸。那时的飞机，多么罕见！我的魂，我的魄，我的梦，我的整个人，已经随了飞机飞向远方：何时我也拥有属于自己的天空？

当我成年，天空已经一天比一天繁忙起来，少年时向往的飞行梦也成为家常。有时在平飞的机舱里，恰恰坐在舷窗边，机外远远近近的机影相向或同向飞来飞去，那种奇观令我着迷。舷窗外，天气晴好，在透明的蓝色天空上，飞机俨然"悬停"了，它们身边则涂满飞机留下的尾迹，横七竖八，纵横交错，展示着天空的繁忙。奇特的人生际遇，美妙的情愫，在万米高空与飞机一起升腾、飞扬。

前不久，我从杭州飞贵阳。那天，天空少云，飞机飞到江西上空，舷窗外是红土地背景中的山峦与河流，云朵不密，悠悠地飘着，极具美感。这时，视线沿着机翼延伸开去，一架飞机从并不厚的云层中钻出，位于我们这架飞机的右下方，与机翼形成一幅奇特的构图。两架飞机进行着相对运动，远处的那架，米粒大小的窗口在眼前晃动。隔空想象里面的乘客，来自五湖四海，南腔北调，煞是有趣。曾从某航空杂志读到一则故事：一对异地恋人，暧昧着缠绵，断续地争吵，却又难斩情丝。忽然，有一天，他们都想给对方一个惊喜，同时上路，就这样，他们的飞机在某一条江的上空，相遇了却又在空中擦肩飞过……或许，他们的座位正好在错过的瞬间是相对的，就像地面上两辆相向而行的汽车，一对恋人透过各自的车窗，望向彼此……时间，空间，如上帝之手，排列着人类在天空留下的影迹，新奇而刺激，凄美而忧伤。十年修得同船渡，几年修得同机飞呢？错过，或许就在这些船、机之间，冥冥中已被安排。那一刻，眺望舷窗外繁忙的天空，一架又一架擦身而过的飞机，有多少匆匆过客，丈量着这万米高空抛下的瑰丽与忧伤？

参观珠海航展，看飞行资料，飞机将会越来越成为最普遍的交通工具之。尽管许多地级市都拥有了机场，可是运力依然紧张，显然，地面的日益活跃、逼仄，反催生了天空的拥挤与繁忙。

看过一幅获奖的法兰克福摄影作品，一个少云的天空，粗细、长短不一的飞机尾线投在蓝色的天幕中，云彩一律呈长条状，天空显得异常拥挤。最为奇异的，在这些线条中，一条银白色的飞机尾线将太阳横穿，地面上，高高的脚手架，参差的楼宇，遥远的海平面，组成一幅极富动感的天地大回旋，荒诞而响亮。

每当天空繁忙起来，心，已随之起飞……

能在机场从容地欣赏飞机，并非易事。理论上，飞机一架架飞出，不会"塞机"，乘客亦无太多时间滞留机场，偏偏那一年的大雪日，我"有幸"遭逢这样的机会。

飞机这种交通工具无奈于天气，每遇雾雪雷电，只好自叹行不逢时。大雪后的首都机场，机满为患，当允许乘客登机的时候，机场奇观出现了：飞机如节日超市收银台边排队的长龙，在跑道前等候几个小时已不鲜见。此时，乘客除抱怨自己运气不佳，无它。谁能改变天象呢。

那天乘飞机前往杭州，登机时间将到，广播通知由于飞机晚到，工作人员正在整理内务。还好，很快就广播登机了，飞机迅速滑动，我心内暗喜：运气不错，居然正点……

然而，飞机将要滑入跑道时，突然停了下来。

我只好说服自己：飞机正在等待塔台的命令。这里不同于地面的交通警察，地面的车辆无论塞车多久，只要前面的车子开始畅通，就可以紧随其后，只看信号灯即可。而飞机，却不能"鱼贯而飞"，全靠塔台指挥。

人被塞在飞机里，动弹不得。这样一只憨然庞大的金属"大鸷"，里面竟装载着众多活生生的血肉之躯，你的一切悉数交付于它，它能把你从这片天空抛到另一片土地，人类的神奇力量尽在这一"抛"间。

那天我恰好坐在舷窗边，窗外的一切尽收眼底。眼见一架架飞机从不同方向滑入跑道，开始还能付以欣赏的闲情。可是，随着时间沙漏般流走，心内渐渐惶急。见机内乘客安之若素，也只好暗自让自己拿出涵养与定力，静心等待。

别的飞机就这样一架架从我们眼皮底下滑走，我们的飞机距跑道最近，可是后面的飞机却相继放行，不仅如此，前后左右的机位里不断有飞机滑入跑道，我们的飞机就像一个受气的小媳妇儿，被遗忘在一个惹眼的位置。等周围的飞机都飞走了，心想这次总该轮到我们吧？却从后面不知什么位置跟上来的一架国航飞机，缓缓滑入……

机内乘客开始愤愤然，隐隐骚动。但见一幅天空奇观，几架飞机同时在天，形态各异。近在眼前的，是一架国航 737 客机，轰隆隆一阵巨响之后头部昂然起离地面，在它前面的一架正在眼镜蛇盘地奋力腾空而起，而其不远的天际，则是另一架已经进入航线，调整好身姿，欲要直飞长空了。

等候无奈，却难得有闲情观察机场百态。在机场和火车站台这类送别场所，最能引人漫无边际地遐思。那些未知的远方，上演着怎样的故事？飞走的，未必结束；落地的，也刚刚开始。人类就在这些"转运站"里流动起来，继续奔忙于眼下的大千世界。

眼睛有那么一瞬迷离，心渐渐恍惚。原来，当说服自己不再着意等候的时候，静静地观察机场里飞机的起起落落，竟也生出一种别样的人生况味。

准备的，等待的，滑行的，起飞的，飞来的，飞走的……那样憨憨笨笨的庞然大物，从四面八方爬出，只要给它足够的跑道和空间，眨眼间就灵若飞羽、鹰击长空。在坚实的地面与万米高空之间，飞机这一事物自问世以来，演绎了多少伟大的人类创举！跑道上，昂首提身的飞向将起未起，正在眼镜蛇般腾空而起的飞机越来越小；脱离视线的，都找到了自己的方向；刚刚降落到地面的所有人，又怀揣怎样的梦幻与心事？最惹人的，还在这一起一落之间，多少悲欢被带离，多少离合被捎回，当视线里那银白色的身影渐飞渐远的时候，我的心又如潮水般澎湃起来。

正在目送那悠悠忽忽的小小圆点时，忽然从机场上空的另一方向出现了一个俯冲向下的身影，那身影渐被放大，再看跑道，静悄悄的，原是准备给这架飞机降落。它刚刚落地，天空的另一个方向又出现一架，已经调整好降落的姿势，这时跑道上那架飞机已经进入停机位，难得空闲的跑道专等这架降临了。

跑道上稍稍安静，天空也尚无情况，我心想这次无论如何也该轮到我们。乘客直跺脚——我们的飞机纹丝不动，倒是对面那架东航的飞机滑向了跑道。乘客们小声议论：难道塔台调度员与地面的交警一样，对司机有亲疏？

面对机内小小的骚动，乘务长立即广播，飞机要等待起飞命令，请乘客安心等候。乘客立即回应：如果由于天气原因，等候可以理解，航空管制也好，可眼下断不需这般"耐心"，雪过天晴，到底在等谁？

大家使用着最大的忍耐，跑道上有一段相当长的静默，身边的飞机一律被施以定身术。这样的停滞就像大战前的片刻间歇，颇令人不安。不飞，也不落，跑道就这样搁置着。

小人物还算罢了，也见过名人报怨的。一位京城名人讲过他自沪返京的经历。那次也是雪后，他暗自庆幸正点登机，结果却在飞机里等待了五个小时，并且没有任何解释，那滋味不需形容，乘客纷纷讨说法：如果不能起飞，就别让乘客登机呀，在机场还可以安排别的事情，至少身体是自由的。后来，民航朋友相告：频繁晚点皆因军事训练，民航要服从空中管制。

我对此颇多同感。曾多次从杭州乘厦航返冀，那个航班一般从厦门起飞经停杭州。次数一多就有了经验，这个航班极少正点。如果航班公示时间是18：30起飞，那么19：30甚至20：00能够起飞已相当幸运。当然，明知肯定晚点，人们却不敢晚到，抱有侥幸，是人类的通病，或许这一班正点呢。久之，有一次我忍不住问一位厦航空姐：既然总是晚点，何不把这个航班时间彻底向后调整，反要落个晚点的怨名？她的解释是厦门部队在演习，航空管制不得已。厦航的态度极虔诚，反复致歉。众所周知的原因，我对这一解释给予了最为宽容的理解，厦门是前沿的前沿，一旦风吹草动厦门责无旁贷……

这般思绪翩翩之际，忽见一架飞机不慌不忙从天而降，在地面这群急急等候的飞机上空，它颇似闲庭信步。我相信，不知有多少双眼睛正透过舷窗愤愤地盯着它。

一道白烟，终于着陆了。

定睛，机身上印着花花绿绿的异国字母，显然这不是一架常见的国内飞机。原来，有国际政要来访。紧接着降下的也是一架外国飞机，机身图案与前一架相同，原来是一位元首来参加重大国事活动……这样想着，我的怒气渐渐消除，礼尚往来嘛，我们的国家元首不也经常在这里进进出出吗。

当我的目光尚停在半空的时候，我们的飞机终于有了动静。一阵快意滑动之后，挣离了地面。

从窗口下望，又一轮起降，似无止息。

这样想时，顿觉人生正如这般起起落落，不知何时，泪水盈睫。

"各位旅客，我们抱歉地通知……"

经常出入机场的人，对这个声音太熟悉，也颇恐惧。

现代科技可让人天涯咫尺，却也远未能让人实现心想事成。飞行是"净时"，若与"我们抱歉地通知"所造成的等待一起合并计算，就多出许多不确定。

时间久了，再到机场竟会形成条件反射。比如，进到候机厅不是先换登机牌，而是先看大屏幕上的航班信息，首先看自己那个航班是否被涂红——"延误"或"取消"，再胆战心惊地听广播。最为担心的，在听到"去往某某的乘客请注意……"之后，继续提心吊胆侧耳倾听，最为欢悦的，就是听到正常语速提示"您乘坐的某某航班现在开始登机……"，最为沮丧的，就是"我们抱歉地通知……"。

此时，哪怕收到万千道歉，误机已是事实，巨大的沮丧感随之而来，乘客们纷纷举起手机，向目的地接机的亲友通报，场面一片混乱。

误机的情况，千差万别，有的报告延误后的登机时间，高悬的心尚能落地。乘客最为无奈的是"起飞时间待定"，这一"待"，遥遥无期。这样的时刻，乘机的时间尽管比起火车缩短许多，心情成本骤增，因为被延误的，不再是乘客一人。也正因此，近年高铁成为出行新宠。

有时，这句话的背后也有令人释然的时候，比如更换登机口，这样的先抑后扬最令人雀跃，可是这样的情况少之又少。

更有一些莫名其妙的时刻，令人对自然的力量有了更为清晰的了悟。

前不久，从杭州萧山机场乘厦航返回石家庄。我是这个航班的常客，深知它一贯"迟到"，正准备接受"我们抱歉的通知……"，那天却是前所未有的正点，正点登机，正点离开廊桥。后来得知，那天的正点，连机长和乘务长都颇感意外。当机长向乘务长发出起飞信号时，乘务长极为怀疑地让机长向塔台求证是否发错指令，机长兴奋地说，别管那么多，让你起飞你倒怀疑……

于是，全体乘客欢呼雀跃地与飞机一起缓缓离开廊桥。

然而，当飞机撤到草地边缘，却毫无理由地被要求停下。停止的时间超过了乘客的忍耐力，一派质疑声中，飞机广播，"由于航空管制原因，飞机正在等待起飞命令，请大家在机舱休息……"

正值酷暑，机内温度骤升，一些年长的乘客开始呼吸急促，机内一片骚动，纷纷喊着"要休克了！"。很快，一辆大卡车拉着一台巨型空调停到飞机一侧，随着巨大的轰鸣声送入的冷风也只是杯水车薪。为了安抚乘客，乘务员忙不迭地提前供应了平飞时才送的晚餐，之后便是频频送水送报刊。最后实在没东西可送了，就问女乘客是否需要毛毯，因为机外那个轰然作响的大空调终于显示威力，闷热的舱内迅速降温，一些女乘客纷纷抱着双臂作寒冷状。

无奈，乘务长不停出面平息乘客们的怨气。

乘客们久等无果，纷纷要求下飞机回候机厅。显然这要求很"无理"。就在混乱不堪的时候，突然通知起飞，大家立即正襟危坐，机外空调也被撤离，飞机终于开始滑行，大家屏住呼吸，暗暗兴奋。

没滑多远，飞机又停了下来。这时，机内温度又迅速回升，而机外空调不可能再拉回，乘客再次骚动，要求解释。乘务员说，航路上有雷电，如果出现意外，谁负责？乘客闻之哑言，是啊，宁可等待，谁愿遭雷击呢。

此刻的飞机就像北方餐桌上的饺子，只不过面皮改成了金属，乘客们被牢牢地"包"在狭窄的机舱里动弹不得，被舱内不断上升的温度煎煮着……在这样的等待过程中，三个小时不知不觉地过去了。

终于，在一片欢呼后，乘务员也像注射了兴奋剂，飞机迫不及待地滑到跑道口。却很快又像被施以定身法，一动不动了。

空姐纷纷解释，前面的飞机比这架等待的时间更长，要等待起飞命令才行……至此，大家已没了询问的力气，只好逆来顺受。

直到两个小时后，其间飞机也跃跃欲飞了几次，终于起飞了。

乘客长长地舒出一口气。

两个小时后，响起降落广播。然而，指示屏上的飞机却显示了转向，屏幕很快收起，随即广播：由于目的地雷电天气，飞机临时迫降郑州。

乘客一片哗然，却也无奈，待三个小时后才飞回目的地。

因了这些经历，当某次飞机正点起降时，我竟感到自己的幸运胜过了那个套上水晶鞋的灰姑娘。特别是这样的雷电季节，候机厅里"我们抱歉地通知"此起彼伏，由于航班大批取消，误机反倒成为正常。想想被"取消"的乘客，自己有何抱怨呢。

现代科技使人类挣离了地球，宏伟，神奇，惊心动魄。可是秋冬有雪雾，春夏有雷电，被科技武装的人类，在大自然面前依旧很渺小。

《在云端》，一部情节简单的电影，主人公瑞恩每年有300多天在天空度过。

他的皮夹里，装满了全美许多城市高档会所的VIP卡，一只旅行包就是他流动的家。他以飞机代步，不折不扣的云中飞人，用他自己的定义：登峰造极的现代商业旅行家。我则称他为当下最"云"的人。

他一年四季，甚至一天内数度飞行。在浪漫无比的天幕中，瑞恩有着一个别出心裁的职业，去各地代替公司做"恶人"——裁员。

他的生活貌似不食人间烟火，事实上也烟火不沾。他很少陪伴家人，更远离婚姻。四十多岁，洒脱，率性，自命不凡。他以天空为家，在真正的家里居住的次数却不及一间酒店普通客房。他在各大城市的豪华会所留下奢华的消费记录，然后，门一碰，头一甩，西装革履、气宇轩昂地出发了。他霸气十足又尽量绅士地将身体"摔"进头等舱，累积着一段段骄人的旅程，更有着兴高于众生的优越感和骄傲。那种细细的品咂和陶醉特别适合在高空进行，那是一种真正的俯瞰和居高临下。

这并非说他拒绝情感。浪漫的空中生活催生着他与激情的邂逅。他常在各大机场与一位和他相近职业的女性亚历克斯相约、相遇。虽中年，依旧风姿绰约的亚历克斯，适时地与瑞恩相遇。然后他们分开，再相约，再相遇。往往，他刚到某个城市，而她的飞机却正飞离这个城市的上空。但他们彼此无承诺，无义务，更无恋人式的思念，只是在彼此都想打电话的时候，再将双方的旅程表排列组合，找出允许约会的某个瞬间。

云端是浪漫的，裁员却是残酷的。

面对一个个歇斯底里的被裁者，瑞恩练就了铁人一样的面无表情、若无其事。由于职业的需要，冷酷、残忍、沉稳、淡定这些词语，必须停留在他的面部。因为在他的概念中，每一个被裁者仅为他漫漫旅程的一个节点，如果被哪个纠缠，那将是不可想象的糟糕。

不妙的是，尖锐凌厉的女大学生娜塔莉发明了网络可视裁员，立即让瑞恩的云端生活成为过往。瑞恩提出质疑：这种面对面的沟通、交流，需要许多人性柔和的东西！瑞恩本人将这一切深深掩藏在冰冷面孔的背后，却远不是冰冷的机器操作可替代的。

他带着娜塔莉开始了试验旅行。小女生的介入，刺激着他反思以往的生活方式。不仅如此，导演还巧妙地插入一件突发事件：瑞恩的妹妹结婚，由于财力和时间所限，妹妹让瑞恩带上他们的婚纱合影，让他每到一个风景名胜代替他们拍照……这一细节的巧妙在于，它让瑞恩层层剥开自己虚张声势的表象，重新审视自己的生活。满足和感恩，这些陌生的字眼，开始被他关注。一直昂着头的他，开始低头注视那些奔忙于职场、在一个城市却又想着"我想去桂林"的人们。

当他成功说服准妹夫对婚姻的信心，当他的 1000 万千米里程终于积满的时候，他将一半的里程转赠给了妹妹这对新婚夫妇，让他们在各地能够亲自照片，而不是替身。

而曾经浪漫的相遇，如今也让他大跌眼镜：当他中止了一场重要演讲辗转去见亚历克斯时，发现她竟然幸福、温馨地生活在家庭之中。他叩开亚历克斯的家门，听到孩子们的欢笑、丈夫体贴的言语，特别是那一团桔色的温暖，丈夫问亚历克斯是谁敲门？她梦幻地说"大概是迷路人吧。"

啊，迷路人！

他们此前的情感，只限于云端。

迷路的，岂止瑞恩。整个人类，都在扪心自问："我们到底想要什么？"

高蹈的理论，令人热血涌动。现实中，有些彼岸，却永远无法抵达。

影片结尾，当瑞恩第 N 次站在机场不断滚动的航班屏幕面前，竟有瞬间的恍惚……

曾经的工作内容，深山一样的死寂。年幼的孩子，繁重的家务，模糊而坚硬的理想，内心躁动的一角，被沉重的现实压在最底层。有一天，我那在统计局工作的女友向我抱怨，她刚刚被调整工作，新岗位要求经常出差，她正想办法调离……我听后眼泪差点掉下来：啊，咱们换换行吗？

每天早晨，我走出家门眼前面对的是头顶那片方块形的天空，以及对面深红色的六层楼顶。那时，小区刚刚建成，崭新的红瓦，感到激情、兴奋，仿佛随时都会触发什么，而那红顶的断面处就是蓝天。每天，迎接我的，都是这一幅剪影，忽有一刻，怅怅地想：这一世，只面对这一角天空吗？

川流在身边的年轻人，青春，驿动，脸上写满无数的可能。在这样不安分的时候，机会来临了。孩子渐渐长大，工作轻车熟路，不安分的我做了兼职，进入一家全国行业协会，一下子，眼界大开。

我去行业协会各地的会员单位采访，一路舟车，走遍全国。那时，我被提醒最多的句式：下一个城市，下一个任务，下一趟火车，下一个航班……

啊，下一个航班！

这几个字，无论如何重复，每每如新。每次被提醒，都有第一次的新鲜和期待。我经常在这样的提醒中，下意识地仰望天空，寻觅那银色的翅影，心脏的跳动，鲜活，有力。它在激动地畅想，那里，将有我划过的痕迹。

很早就读过裘山山的《热爱出门》，对"喜欢那种在路上的感觉，那种颠簸不定的旅途生活"深以为然。频繁地进出机场、车站，却无丝毫厌倦。对这些象征着"出发"的场所，对天空的渴望，一如少女般的新奇与狂热，有时表面上佯装平静与不屑，内心却波涛激扬。我喜欢静静地坐在机场某个视线宽阔之处，不知疲倦地目送飞行器频繁起降，从不厌倦。当飞机滑向跑道，调整仰角，准备起飞的瞬间，是我最为激动的时刻，我会把这一心情保持到双目永远闭合的那一刻。

"每天早晨，被闹铃叫醒，还是被梦想叫醒？"这是前不久一次商业大会上一位做商业连锁的老总的提问。他的问题使会场先是大山一般沉默，之后爆发出经久不息的掌声。

这位老总说，曾经，他像一架机器，每天早晨被闹铃叫醒，起床这件事成为一种毫无色彩的程序，刷牙，洗脸，出门，开车，汇入大海一样深邃的城市，陀螺一样开始每一天。有时，下楼时，抬眼看到对面楼顶上方的那一小片天，小区门口那个叶形的路灯，以及城市里蚁群一样的人流，让他不知自己是谁，去往哪里，为什么活着……他感到了空前的虚无，虚无到有点厌世。

他意识到自己大约进入了职业疲劳期，除了每月工资卡上按期打入的数额，他觉得整个人己成为空壳，僵尸一样被置于流水线上，四肢动弹不得。

忽然有一天，他问自己，我为何醒来？

后来他辞职创业，梦想重新赋予生命鲜活的色彩。从此，他每天早晨被梦想叫醒。

没了梦，毋宁死。有了梦，咬定梦想不放松。内心深处，飞行与梦想划着美丽的等号。

感动于看完电影《长空之王》之后，仍能感动，甚至，热血沸腾。也感动于至今仍然能够对于这类军事题材的强烈共鸣。

飞机，天空，是有灵性的。机场里一架架飞机，也是帅帅的。帅帅的男人，靓靓的女人，灵性十足，意韵隽永。

飞行的艺术，冷峻、威严、机智，同时又儒雅、写意、诗性。感谢飞行，它点燃了人类许多行将就木的期冀。

平时，我深惮一切刺激和大幅度的运动项目，却执拗地狂恋着飞行。飞机在"眼镜蛇"般腾空而起的刹那，我看见，浑身渐冷的血又沸腾起来，所有人生梦想，一起被拽到天际……

半个梭罗

基于每年有三分之一需要住在钱塘江边，我时而把自己当作半个杭州人，更有了另一个命名——"半个梭罗"。

这里位于城乡结合部，虽各类设施俱全，实与闹市无缘。家庭里的另两个亲人因各自的原因分别在另外两个城市，"看家"的任务就落在我肩上，届时三人三地，一家人共唱"三城记"。

事实上，这里并非我的生活和工作的大本营，除物业人员，其他一概不识。偶尔女儿带来同学，几个少男少女在各个屋子梭巡一圈，再看看在厨房忙碌的我，往往惊讶地表示"关切"："阿姨，你一个人在这里……"我明白他们不忍心把这句话说完整，就乐呵呵地替他们补上后面那个词——孤独。因为，邻居见到我总是一个人出入，也小心翼翼地欲言又止："你一个人……"

是的。可是孤独么？或许偶尔有那么一丝丝，更多的时候却是"甘之如饴"。想想梭罗，孤独何来？每天的阅读、写作亦如餐食，更有晚间的三人视频,江边的"过江之鲫",超市里摆着盛夏热品——昂贵的牛皮席、冰丝席,周边影院、酒店将当下的时尚元素一网打尽;最可观的,就是全国千篇一律的汹涌的"车灾",这里的几个小区车库容量不足1:1,汽车在空地上见缝插针,早就占满了人行道。进进出出的汽车号牌以浙A居多,也有五花八门的全国各地的车牌,仅看我们家的车,若聚齐,就分别是浙A、冀A、鲁B。忽一日,警笛呼啸,一抬头,江对面浊黑的烟柱冲天而起,谁知第二天,警笛再起,且越来越近,感觉就停在楼下,心下一惊,探头看去,四辆消防车已经进入战备,并没见哪里的火势啊,消防队员却扯开长长的水笼头,纷纷往对面3号楼上跑,大人抱着孩子们躲避,经过的人纷纷仰头,一问物业,原来对面楼23层一家煤气起火……

这样的烟火人气,岂是"瓦尔登湖"能比?

可毕竟,地理空间和人际网格里的我又确实是一个人,光阴在我身上就变得意味深长。

当然几年前,我交上一个新朋友。怎么认识的?经常是傍晚散步,我俩都避开江边的如蚁人群,不约而同地选择一旁绿化带里幽秘的小径。碰了几个来回,相视一笑,那个高挑匀称的影子原本品貌不俗,一问,搞艺术设计,这让我再看过去,更加气韵卓拔。试探着交谈几句,彼此气场大契,于是你来我往,下盘棋,听支曲,逛回街,吃顿饭,友谊就来了,至今已有三四年。

时间久了,这里不乏有趣的人。

一条从岸边伸入江水的丁字坝,应是20世纪五六十年代的作品,早已废弃,坝身挂满大大小小的疮疤。为了不让它在涨潮时伤人,政府在入口处树了一堵墙,而每天沿着坝体两侧还是坐满了人——大家都在钓鱼。多为男人，有老有少，一坐就是一天，无论风雨，不舍昼夜。纵使夜晚，他们也有办法，每人身边亮着稀奇古怪的照明灯，鱼竿上也有亮亮的"鱼漂灯"明灭……有一次我下楼散步已是夜晚11点，走到那丁字坝将近12点，不想，那里仍有零星的几个人静静地坐着，鱼鳔漂灯陪着他们，几个烟头闪着鳞火一样的光……更奇的，好几次暴风雨袭来，我赶紧关门窗，站在15层的家里偶一抬眼，发现那坝上的一溜人影，在电闪雷鸣间纹丝不动。

去年一个阴沉的冬天，我到江边散步时，已经漆黑。在一处水文站的拐角处，路灯照不过来，就见江面上一叶孤舟独自在黑夜中漂着，弱弱的灯火缓慢游移，观察许久，黑黑的，以为没有人，却有哗啦啦的划桨声隐约传来。什么人呢？那会儿寒风凛冽，欲雪，江上弥漫着愁云惨雾，好半天也没见他上岸。他不孤独吗？清夜，独自面对天高江阔，如入空濛一片，该是一颗怎样的灵魂？又一个"拣遍寒枝不肯栖"的主儿？

小区边缘有一家面包店，名曰"布列塔尼"，吧台上竖着一个小纸板，上书两行小字："布列塔尼最美的相遇""我用面包看见世界"……凭这句话，想象背后应是一个长衣飘飘、落拓不羁的女老板，于是每天去转一圈，渴望看到一个妙玉一样飘飘拽拽的影子……

夏日的江边，一位老妇迎面走来，目测足有70岁。她周围是什么人群？推着婴儿车、趿着拖鞋、穿着汗衫布裤的老头老太。她呢，一件丝质旗袍，白鞋白袜，头发梳理的一丝不乱，脊背挺直，目不斜视，她大概把滨江路当成了T型台。这样的优雅精致，养眼的同时更抢眼。还有前年的中秋，钱塘江大潮使得江边人满为患。忽见一精心打扮的少妇，牵着一条小狗，混在看潮的人群中，一件紧身粉裙，外罩黑风衣，围着一条湖蓝色围巾，丝袜高跟鞋，头发高高挽起，在一群胡乱穿梭的人当中，她的摩登和风头，险些盖过钱江大潮。

透过书房的窗口，迎面两幢楼的间隙隐约能看到一座山，并不高，山形奇特，山上草木葳蕤，勾引我存下"征服"它的冲动。感觉近，其实远。走到山脚，才发现是一座废山，名为回龙山，爬上去，就成为我一个人的"瓦尔登山"。真是奇呀，攘攘尘世的包围中，山脚就是一条交通大动脉，车水马龙，山上竟无一人，静谧的如世外桃源。雨后的空气湿度，令眼镜片蒙一层白雾，也能看得清脚下一片片疯长的青草、肥硕的苦菜、凌乱无序的树木。山顶似牛脊，散乱着几处20世纪遗留的奇形怪状的废弃工事。偶尔一只鸟，扑棱棱飞过，惊起却回头，想起被贬黄州的苏轼，此时的我却不似彼时的他"有恨无人省"。若说是我一个人的"寂寞沙洲冷"倒也贴切，也真想一如他的"占得人间一味愚"。

一个人在杂草没膝的山顶上乱窜，就想起"隐居"两年的梭罗。有后人质疑梭罗在瓦尔登湖的生活，指出并不算"隐居"。甚至动用现代卫星定位的手段形成一幅康科德市地图。梭罗的小木屋距离康科德约3.2千米，若按康科德市中心到小木屋的直线距离计算，大致约1.32英里（约2.13公里）。甚至有人把康科德比作北京的五道口，那么梭罗隐居的地点大致就在大钟寺和知春路之间，不到两站地铁的距离，并不算遥远——我曾在清华大学进修一年，熟悉这个距离。还有人计算出梭罗的"隐居生态"，他去爱默生的住所散步即可到达。在康科德一带，曾经流传着这样一则笑话：爱默生先生摇响了晚餐铃，梭罗从林中猛冲出来，手里拿着餐盘排在队伍最前面……

梭罗是否隐居不可考，但让我们每个人像他那样长达两年远离人群，并不现实。眼下当我偶尔从人群走出，来到这座尘世包围的小山，山顶的空茫静寂尚使我不时地感到一丝恐惧，况两年哉！当我在山上逗留到傍晚，天要黑下来，山里的声音围了上来，暮色罩了下来，不得不赶紧抽身返回。晚了，恐怕路都不好找。

头顶的这片空域是一个重要航道。飞机每天从江对面的山峦"钻"出来，不断降低高度，到了楼顶就能看见机翼上的字母了。一年四季，周而复始，包括午夜，飞机轰鸣成为这一带居民区的背景音乐。到了夏天，需要再加上两个"和弦"——雷电和台风。想必瓦尔登湖虽有雷电，飞机也是要飞临那个空域的，那些"伴奏"，该怎样"娱乐"着梭罗？

哈，走到山脚，沿石阶与我相反方向走上来一个男子，30多岁，看不出有什么特别。不明白他为何在这黄昏时分上山。但显然，不必问，不必想，也不必看，世间必有这样的人，现实让他们做不成梭罗，做半个，还行吧？

我所知道的现实中人就多似"半个梭罗"。《来自星星的你》里，宇宙超人都敏俊离开地球前，担心心爱的女孩寂寞，叮嘱千颂伊要"好好吃饭，好好喝水"。令我心动的，他还告诉她，"不要一个人吃饭"。

超人啊超人！爱却细腻。可是现实中，即使在人群中"独居"，一个人吃饭岂能避免？日本女作家山本文绪若在都敏俊面前肯定是个不听话的女友，她人在东京，做什么都是一个人，一个人吃饭，一个人睡觉，一个人上街，一个人写作——《然后，我就一个人了》。想必在那些安静到枯燥的日子里，我和她一样，爱着孤独，有时又讨厌着，最后还是与孤独拥抱、和解。作家刘同曾说："不合群是表面的孤独，合群了才是内心的孤独"。想想梁晓声的父亲，"文革"期间被分配到四川的深山，五十多岁的男人，远离妻儿，独自一人，竟以织毛线衣打发了七年时光……当我经历了那些令人疲惫不堪、毫无乐趣但并非繁重的人和事，索性把心一横：一个人吃饭，又有什么？

日本学者大前研一写过一本《低欲望社会》，眼下的日本青年人不愿意背负风险，不结婚，不买房，不生育，丧失了物欲和成功欲，显得"胸无大志"。继而新的一波名词冠以这些年轻人：飞特族、单身寄生虫、食草男……"我们不需要别人的认可，只需要自己认可自己"——日本年轻一代的普遍心态。他们倒是一意摆脱物质的负累，追求身体和精神之轻。

亚当斯密怎么说呢？他在《道德情操论》中来了个自问自答：我们在这个世界上辛苦劳作、来回奔波到底是为了什么？——被他人注意，被他人关怀，得到他人的同情、赞美和支持！亦即我们今天所说的"存在感"。我明白，地球不能成为一个"空球"，地球人不可能都去瓦尔登湖，那个湖也没足够的容量。最理想的方式是否在于，让梭罗们尽管去瓦尔登湖，年轻人尽可去"飞"，而我们中间99.9%的人尚需留在地球，继续做那半个梭罗……

我吹过你吹过的风

一阵熟悉的铃声，穿越了黑白老电影的荧屏，从岁月深处响起，纷纷扬扬落在维多利亚火车站上空……从这里出发，步行五六分钟，已置身文森特广场古意森森的建筑群中；沿着指示牌，脚下的一条路直通泰晤士河。果然，路的尽头，豁然开朗，一泓横卧，消失在冬日长空下。四处张望着，已站在了一座桥的这一端——Lambeth Bridge，呵，兰贝斯桥！左前方的国会大厦、威斯敏斯特大教堂、大本钟……像哈利·波特城堡一样魔幻着。而与它们隔河相望的，不正是那圣托马斯医院吗！

在这群地名的簇拥下，总该想起一个人了——对啦，毛姆。

"那时我住在维多利亚车站附近，我记得常常乘坐很久的公共汽车，去拜访那些热爱文学又殷勤好客的家庭。我总是畏首畏尾地在街道上徘徊，半天才能鼓起勇气按响门铃，然后怀着极其紧张的心情跟着迎宾走进空气沉闷、高朋满座的客厅。"（毛姆《月亮与六便士》）

龙年春节，我在伦敦，特意住在"维多利亚车站附近"。几步之遥的文森特广场，毛姆正是从这里起步，丈量他的文学和人生。

从坎特伯雷国王学校毕业时，十八岁的毛姆一心要逃离与牧师叔叔一起生活了八年的白马厩镇。他父亲当年的合伙人安排他进入伦敦法院巷一家会计师事务所。谁知，一个月不到，毛姆就厌烦了这项无聊透顶的工作。他只好再回白马厩，幸得一位医生点拨，他用功备考，终于在1892年10月考入圣托马斯医学院。

医学院的秘书交给他一张纸条，告诉他，打上面的电话号码可以租到理想的房子——赫德森太太的这所房子，就在文森特广场11号。

"文森特广场面积很大，建于乔治王时期，有一点破败，一侧面向遍布典当行、电车叮当响的繁华街道沃克斯豪尔桥路，紧邻西敏寺的泰晤士大堤，离国会大厦也不远"，《毛姆传》（赛丽娜·黑斯廷斯著，安徽文艺出版社，2015年）中记录的一百年前的这个区域，如今繁华依旧。可以想到的是，与国会大厦、泰晤士河、威斯敏斯特大教堂为邻，岂能沉寂呢！

逃出沉闷的牧师官邸，毛姆终于实现了个人空间的自由，每个细胞都在飞翔。他的房间在一楼，一张"窄窄的铁床、洗脸台和衣柜"，赫德森太太照顾每个房客。毛姆在这里形成了十分规律的生活习惯："整个白天，我在医院，下午6点左右步行回到文森特广场。路过兰贝斯桥的时候我买一份《明星报》，带回去在晚饭前看。"（《寻欢作乐》）

毛姆很是享受他的这间卧室，晚餐后就在扶手椅上阅读，在餐桌上温习医学教材、写作。拿到行医执照，是他给人生留的一条后路，而爱好的驱使让他一入学就决定了以笔为生。他在此间积累了惊人的阅读量，能大段背诵大部头原著，日记本上写满小说大纲、剧本梗概、对话片段、观察随想，他写作是"因为忍不住"。于是一个奇景出现了：医学院学生毛姆，像一只自由的小鸟，放飞的却是文学。多年后，已经成名的毛姆故地重游，"一种伤感的情绪不觉油然而生。我在这张桌子上吃过多少顿丰盛的早餐和节俭的晚餐，我也正是在这张桌子上攻读过医学书籍，写出了我的第一部小说"。

哪怕时至今日，我依然不能对那个执着的背影无动于衷。

当我2024年来到文森特广场时，时光已越过了132年。兰贝斯桥五孔设计，外观呈粉灰色。从北岸走上桥身，除了不见了《明星报》，毛姆当初路过时的布局结构依然如故。他曾把文森特广场写入多部作品，也在这里结识了形形色色的人，最典型的莫过于《寻欢作乐》中的罗西——"那时候我对威斯敏斯特地区很熟悉，它还没有变成议会人士或是文化人士集中的时髦地区，而是一个破旧的穷人区；我和罗西走出公园后，穿过维多利亚大街，带她到了豪斯费里路的一家炸鱼店。"当他们路过他在文森特广场的家时，阿申登（即毛姆本人）问罗西："进来坐一会儿吗？你还从未看过我的房间。"从此他们在这个房间度过激情又温情的一个个夜晚。《人生的枷锁》的结尾也落在了这一区域："他们起身走出美术馆，在门口的栏杆前站了一会儿，看着人潮汹涌的特拉法加广场。马车和公交车匆匆驶过，人群来来往往，各向一方。夜幕未降，天色依然明亮。"

多年后，伦敦大轰炸，毛姆与弗吉尼亚·伍尔夫在威斯敏斯特参加文学聚会，晚宴结束后他们沿着白厅行走，突然两架轰炸机飞到头顶。他向伍尔夫大喊，让她去找掩护，巨大的轰鸣淹没了他的喊声，伍尔夫却站在马路中央，双臂伸向天空，"似乎在敬拜那闪着光的夜空……"毛姆惊奇地看着不时被炮火照亮的她。日后，毛姆经常忆起这诡异的场面。

一百多年后的特拉法加广场，人潮依旧汹涌。

当我跟随潮水般的人流穿过圣詹姆斯公园，看过白金汉宫的皇家卫队换岗仪式，在海德公园的尽头，经导航指引走进一片安静的街区。这里不再喧沸，笼罩着一种静谧的贵族气息。拐过几个弯，一座五层联排别墅，红砖，墙身显现一个圆形的蓝色标牌，上写"威廉·萨默塞特·毛姆（1874—1965），小说家、剧作家 1911—1919 年住在这里"。这就是切斯菲尔德街 6 号。

1910 年，戏剧大王毛姆实现了财富自由。他以 8000 英镑租下了位于梅费尔中心的切斯菲尔德街 6 号。这是一座建于乔治王时期的别致住宅，第二年初装修完毕，他和好友沃尔特·佩恩欢天喜地搬进了这所豪华的房子。两人精心挑选了家具，购进了 40 多幅画，雇佣了厨师、女佣和兼任周末外出随从的管家……毛姆心满意足："我一辈子从未这样舒适过。"小说家休·沃波尔做客之后，将之描述为"一座占地面积不大、不起眼的房子，对我们许多人来说，它是伦敦最欢乐、最惬意、最有趣的场所之一"。

毛姆在这所房子里创作了长篇小说《人生的枷锁》，但谁让他频繁旅行呢，而且经常在外半年多。特别是几年后第一次世界大战爆发，毛姆奔赴法国前线，开救护车，抢救伤员，在炮火间歇修订《人生的枷锁》书稿，所以他真正住在这个家里的时间并不多。他的女儿丽莎生于战争期间的 1915 年，这个寓所倘若只住毛姆和佩恩两个单身汉绰绰有余，而容纳有一个婴儿的三口之家就显得局促了。毛姆只好把通风良好的顶层书房让给女儿，自己屈居在一楼小阳台写作。阳台临街，写作屡被打断，佩恩只好别寻住处。即使只剩了毛姆他们全家，这所房子也已完成历史使命。1919 年，毛姆动身前往中国前夕，不得不换到马里博恩区的温德海姆 2 号——一所更大的房子。

正是从这所大房子开始，毛姆的婚姻亮起红灯。这个房子彻底激发出妻子西莉的家装潜能。家里常年成为装修工地。西莉擅自变卖了毛姆用了 20 多年的书桌，乱动毛姆的书稿，随意打扰毛姆的写作……当然，最终让毛姆无法忍受的，还是西莉以好心的名义"为丈夫换一张更为豪华的书桌"，这让毛姆再面对西莉时更加厌弃，面目狰狞，日后通过《月亮与六便士》《寻欢作乐》等小说以及未出版的《回顾》，刻薄地发泄了出来。

对于伦敦，毛姆做过淋漓的表达："这里是我最自在的地方，全世界也没有几个地方能像伦敦这样让我悠游逍遥。"

与北岸的热闹相反的，是南岸冷清淡然的兰贝斯。

我从威斯敏斯特码头上船，行至伦敦塔桥，下船后沿南岸步行，一路经过碎片大厦、环球剧院、伦敦眼等著名建筑，来到圣托玛斯医院后身。倘若从对岸望过来，医院呈现魔块般的正方体，而在医院后面望向对岸，国会大厦和大本钟等建筑物仿佛框进油画，成为这一侧游人的最佳拍摄地。长长的医院后墙外立面上，密集地贴满红色心形纸条，小标牌上注明"新型冠状病毒肺炎国家纪念墙"。这一墙体从威斯敏斯特桥一直延伸到兰贝斯桥，游客大多右转，经兰贝斯桥到北岸去了，而我则左转，沿着毛姆当年读书时走过的兰贝斯公路，一直走到医学院和医院门口。

这里已是兰贝斯区，当年伦敦最贫困、最拥挤的地方之一，贫民全都仰赖圣托马斯医院提供的免费医疗，毛姆几乎每天都听说老人和失业者活活饿死的消息。长着一双传神的黑眼睛的毛姆医生，虽年轻，却极富同情心，举止温和，让患者产生了极大的依赖和感激。而百年之后我所见到的医院附近区域，少有北岸的摩天大楼，恬静，安然，一河之隔，仿佛两个世界。当年毛姆实习时深入兰贝斯为产妇接生，才催生了《兰贝斯的丽莎》。

在这个地球转了无数个大大的圈子，毛姆最后将肉身安放在了坎特伯雷。

从维多利亚火车站到坎特伯雷不到一小时车程。出站过隧道，坎特伯雷大教堂的尖顶隐现在高高低低的树梢间。沿途虽有多处遗迹，教堂仍为这座小城的地标，而毛姆就在教堂巨大"阴影"下的坎特伯雷国王学校，度过了小学和中学。

大教堂虽与学校一墙之隔，若到学校，必须出教堂大门，绕过一条类似网红街的街道。街里不少中国元素，在一家工艺品商店，店主是一个年轻的中国女孩，店名中的英文 china 同时代表着"中国"和"瓷器"——细看，原来那些瓷器来自中国景德镇。

这所古老的学校建于我国的隋唐时期，"国王"即亨利八世，因与大教堂比邻、比古，在全球享有盛誉。学校正门呈褚红色，位于这条街的"之"字拐角处。正是下午上学时间，学生进进出出，门卫是一个六十岁左右的英国男子。我们向他说明来意，他四处张望着，看到一位教师模样的男子匆匆走来，立即喊住，交代几句，那位男子微笑着带领我们走进学校。

原来这是国王学校的一位教师。他带我们穿过几重门，来到两座楼房之间一处小院前。远远地，我已看到院门上那个熟悉的摩尔人避邪标志，那是毛姆的父亲旅游时带回的，从此毛姆把它当作自己的书标、门标，如今看来也用作了他的"墓标"。

推开低矮的小门，冬日的花草伏于地表，三面皆古老的墙体，那位教师向墙根一指，没有墓碑，也没有丘塚，红砖墙根下的一小块空地，青草上方，贴着一块银灰色小标牌，上写"威廉·萨默塞特·毛姆，1885—1889 年在坎特伯雷国王学校"。

毛姆 11 岁进入这所学校，在那些阴郁的日子，生疏的英语招来的嘲笑让他更加紧张，形成终生的口吃。但口吃又成全了他的写作。毛姆进入 80 岁之前，回到母校。此前，那一任校长雪利没少对他"哭穷"，当时学校要建一个船坞，毛姆当场捐了 3000 英镑，还捐出所有藏书，建起毛姆图书馆。雪利得知他想把骨灰埋葬在学校某处，推荐了一座诺尔曼人的祭祖教堂，但这必须征得坎特伯雷教堂当局的同意。由于毛姆一贯的宗教主张，即使身负盛名，却并不被当局接纳。在漫长的等待中，他给雪利写信时颇为颓丧："……假如不方便，我的骨灰可以放在圣琼公墓那些乡民的骨头中间。"尽管当局批准了雪利的方案，谁能说与那 3000 英镑无关呢。

想必毛姆无数次走过伦敦的诗人角吧，他怎能不知这一角落的含义！狄更斯、哈代都葬在了那里，是毛姆的自知让他不敢对这神圣之角生出半点"非分之想"，还是他想让人生画一个圆？因为出生地巴黎不是祖国，才选在了承载他整个少年的坎特伯雷。这也算不甚规则的圆吧。

离开坎特伯雷国王学校，我特意乘坐一辆乡间公交，约 20 分钟，来到白马厩镇。这是孤儿毛姆与亨利叔叔生活了八年的地方。这座曾经的古老渔村，冬日的阳光打在公交站旁边的墙壁上，把一幅巨大的老年毛姆画像映得闪闪发光：深深的皱纹，睿智的眼神，静静注视着呼啸闪过的人间……毛姆离开这个地方已整整一百四十年，人们还记得他，画像上用英文写着他那句名言"写作是至高安慰"。

穿过长长的中心街道，来到少年毛姆经常游荡的港口。一百多年后，这里已经没有彼时的船帆林立，海面平静，行人稀少。就是在这条海边公路上，"阿申登"遇到《寻欢作乐》中的德里菲尔德和罗西，并与他们一起骑自行车郊游；四十多年后，已是著名作家的毛姆重回故地，遇到抱着孙子、推着单车的中学同学，他看着同学苍老的背影，感慨：他的一生已经快过去了，而我不禁想到自己还有那么多计划，写书、写剧本，我对未来充满着希望，我觉得我今后的生涯中，还有那么多有趣的活动和乐事……

我收藏了一张毛姆刚到白马厩时的黑白照片：十岁的小毛姆牵着叔叔的手，在牧师官邸的后花园散步。从那小小的身形，再到今天小镇墙壁上苍老的毛姆画像，人生岂止须臾……

本来，从伦敦到巴黎，应首选"欧洲之星"。可是火车穿越英吉利海底隧道岂不浪费了旅游资源？而从伦敦到多佛，乘坐渡轮到法国加莱港，一路乡村风情抵达巴黎，带给我最佳的旅游获得感。

高速巴士穿越兰贝斯区，出伦敦郊区，一直抵达多佛港。眼前浮出一幅发黄的画面：孤儿毛姆跟随法国保姆回英国投奔牧师叔叔，他牵着保姆的手，兴奋又恐惧，当汽船横渡海峡在多佛港停靠，拥挤的人群中，小毛姆习惯性地用法语大叫："Porteur！Cabriolet！"（车！敞篷的！）这时他看见了亨利叔叔，一袭黑衣，面色凝重……

而这个港口，狄更斯让大卫·科波菲尔从伦敦步行至此，找到姨婆，开始了新生活……多佛，一个文学之港。

一百四十年后，我沿着当初毛姆回英国的路线逆向而行，从多佛驶往加莱，大风，急浪，多佛在阳光下泰然自若，渐渐远去。海风依旧，海港依然，海天一色，在惊涛拍岸中，仿佛接住了十岁小毛姆的气息。

2024 年 1 月，毛姆诞辰 150 周年，我来到这个特殊所在：巴黎，加布里埃尔大道，英国驻法国大使馆。

拥挤的马路，黑色紧闭的大门，挺直的卫兵……毛姆出生前，由于战争造成的兵员紧张，法国政府宣布：外国父母在法国生下的男孩必须加入法国籍，以便日后征召。英国驻法使馆想出一个对策：在使馆二层设立产房。1874 年 1 月 25 日，毛姆降生到这间属于英国领土的产房里。这里也承载了毛姆十岁之前的幸福童年。妈妈是个社交达人，客厅里云集了包括法国总理在内的达官贵人。妈妈带他与保姆一起喝茶，再到客厅展示才艺。除了给客人背诵拉封丹寓言，保姆还带他到香榭丽舍大道，走向协和广场旁边的花园，骑上旋转木马。那时的毛姆，肤色白皙，长着金色的鬈发和棕色的大眼睛，系着一条黑腰带，穿着短裤和系带靴，看上去就是一个普通的法国小男孩儿。并且，这时的小毛姆开朗自信，有胆识，也很有想象力，他讲的故事让小伙伴陶醉，哪有口吃的影子！

20 世纪初，毛姆虽然写作成功，却未达到理想预期，他渐渐厌倦了伦敦，于 1904 年移居巴黎。他先是住在做律师的大哥家，后来租房写作，"我在巴黎定居下来，开始写一个剧本。我的生活很有规律；早上工作，下午在卢森堡公园或者在大街上漫步。我把很多时间消磨在卢浮宫里，这是巴黎所有画廊中我感到最亲切的一个，也是最适于我冥想的地方。再不然我就在塞纳河边悠闲地打发时间，翻弄一些我从来不想买的旧书。"他在大哥家结识了画家杰拉德·凯利，而凯利又带他在白猫餐厅遇见画家奥康纳，此人是高更的密友，曾与高更合用画室。这一切都被他纳入《月亮与六便士》的素材库。

莫雷斯克，法国地中海沿岸里维埃拉最有价值的地标。1927 年，毛姆与密友小哈一起搬进这所豪华别墅。除了第二次世界大战中的六年，他在离世前一直住在这里。1965年12月，毛姆在尼斯的英美医院度过了生命中的最后一周。

2024年农历春节当日，我从巴黎到尼斯。淅沥小雨中，从天使湾出发，沿蜿蜒的海岸线花二十分钟抵达费拉角小镇。戴高乐大道52号，别墅大门仍是我此前在无数攻略中所见的式样。毛姆离世后，别墅赠予女儿丽莎。六十年间几经易手，此时的别墅据说属于一位乌克兰富商。这位富商在他国另有住宅，偶尔居住于此也是深居简出，出则由保镖封路，车窗紧闭，从不与路人闲聊，与一百年前这个院落里宾客如云的盛景形成强烈反差。

别墅门前的一条马路伸向海边，转弯处的标牌上，写有"圣让·费拉角，萨默塞特·毛姆大街"。从大门口望去，高大的树木和绿意葱葱的植物几乎将整个院落覆盖，二楼曾经的书房里的奶白色墙壁，几面正对地中海的长窗，但毛姆写作时从不站在窗前眺望，而是让书桌面对书架；休息时，才转身，面对那一望无际的浩瀚。

高墙深处的那双眼睛

7月底，我们完成在唐山的公务，顺路到某监狱看望大家共同的朋友。注意——朋友在监狱工作！由于监狱这个词的"小众"性，出发前人们听说我们要去"监狱"，悄悄颜色大变，这让我们猛然间意识到，"监狱"在大众面前是多么"双重"，强调"工作"而非"犯罪"是多么必要！何况，更多时候人们往往偏向其"劳改"意象，你要解释半天才能确定朋友的管教身份，这也决定了此行的非同寻常。

微微的兴奋，复杂的好奇，隐隐的忧虑。朋友作为管教人员，在那个常人鲜有光顾的地方，他是如何工作的？平时他在人们眼中一副书生模样，是一位儒雅君子，真正走近他工作时所面对的这个特殊群体，是否会一反寻常的文雅、端持，忽而变成瞋目裂眦的黑脸李逵？

当我们双脚踏上南堡开发区的地面，已知大海近在咫尺，却没有感受到海滨沙滩的浪漫旖旎。烈日下一望无垠的盐场，空气中浮游着海风与盐分杂糅的淡淡的腥咸，一路上积存的隐隐的恐惧感莫可名状。放眼这座特殊的城池，仿佛每一个角落每一片树叶下，都漫不经心地隐匿着异样的诡谲和罪恶。直到朋友出现在我们面前，悠然自若，云淡风轻，才在心里狠狠自嘲自己是井蛙之态。

朋友仍是先前那副温文尔雅的持重模样，不过，他先是呵呵笑着点透我们的那点"小心思"：理解作家的好奇和敏感！随之发现，带我们参观盐场和监狱的车子已在楼前待命，几位干警全副武装，一位制盐工程师一袭长裙，就这样带我们出发了。

盐场的概念陌生而遥远。此刻，人类须臾不离的食盐以及工业用盐，就这样活生生地展现在我们面前。空气中"盐"的气息渐浓，阳光也格外白晃晃的，那几天是河北的暴雨季，女工程师告诉我们，南堡也经历了一场豪雨，一些塘坝被冲，但因技术成熟，总体影响不大。

一条道路直伸向前，看样子通向大海，道路边有一条细细的小河，河岸边排列着长方形的盐池，大多被一种黑塑料布覆盖，少数则是一汪清水"素面朝天"，叫不上名字的器械和工具各自劳作着，只有一种工具一目了然：几十艘小船连接起来的船队，空船而来，载盐而归。

女工程师不断讲解着各种术语，并不难懂，但我们都在思考一个问题：罪犯呢？

虽不至于战战兢兢，却警惕地环视四周，想象着很快就要与那个特殊人群劈面相遇。所谓"强制改造"，肯定要劳动啊！并且绝不能等同于普通意义的劳动，我所能想到的高强度、高烈度、高极限、高时长……如此，才能鞭及肉体、触动灵魂。更突出的，还应体现为"强制"——自由的丧失。那么，他们的劳动，应该在一群荷枪实弹的干警监视之下，甚至，我的脑海里还不时闪出镣铐、枷锁……

可是那些枷锁中的人呢？

放眼望去，空空荡荡的太阳底下，寥寥的一些人，在不同区位工作着，显然不是犯人。听到我们的疑问，干警们哈哈大笑：你说的那种情景，是几年前的事了！现在的犯人早就改变了劳动方式，在室内呢，"别急，很快就到了。现在这一段，主要是她的领地。"他们一指女工程师。

这才仔细端详这位 80 年代的化工专业高材生。大学毕业分配到南堡盐场，这里承载了她的盛年。在这个超级"男性"群体，她的一件花式连衣裙有着一种特别的韵味。宽边凉帽下，她有着女性极为妒嫉的"瓷"样肤质。可以想象，若在都市里，应该"瓷"得发腻，吹弹可破，但此时却红里透黑。几位干警解开这个其实无解的"死结"——她的事业是盐，而盐的事业离不开太阳——那种暴暴烈烈的骄阳。

终于来到高墙门外。我想我的呼吸是屏住的。脚步迟滞着，不敢挪动，甚至我的眼睛也不敢像刚才在盐田般的自由放纵，下意识地回避着一些有别于平常的触碰，仿佛那一堵堵高墙之上贴满了难言的伤疤。墙外曾经的"凶神恶煞"，此时竟然激起一种引人呵护的柔软，作为一个自由人，哪怕看一眼，都会带来重重的刺痛。

武警、警察的装束在眼前交替出现，大家逐一接受检查并交出随身所有物品，包括手机。先前还幻想用手机拍照，当一派森严之气袭来，烦琐的进门程序，"铁窗""铁门"的模样终于从昔日的纸上落到实处，只是外形增加了一些现代社会的时尚元素。

从辽阔的盐田进到这方高墙，我们身边多出两位真正荷枪实弹的人。他们身穿防弹背心，尤为惹眼的是他们手中的警棍，更令人心里提紧的是他们手握警棍的姿式和神情，一种下一秒就要战斗的、临危待命的姿势。这让我们明白，在这个特殊环境中我们被特殊保护着，同时也无声地强调着这个环境独一无二的攻击性和危险性。这时，一队身穿条格囚服的犯人两人一队走出一座高楼，干警告诉我们，他们要收工回监舍了，他们走出的那座楼就是他们劳动的厂房。厂房上方就是一片自由的蓝天，但他们身边却有干警持械监视……我们从管教人员专用楼梯上到四层，穿过监控室，来到大学宿舍一样的房间，却发现先前对监狱的神秘想象太过离谱：如果没有监狱标识和字样，这里简直就是一座军营！到处都是直线加方块，连脸盆、香皂、拖鞋的摆放都刀裁般严整，一尘不染。干警们指着楼下的一些建筑，一一介绍犯人的饮食以及业余文化生活场所，配备有阅览室、洗衣机、太阳能设备，其人性化程度甚至让我想到一个极不合时宜的字眼——温馨。

这哪像监狱！如果不是亲眼所见，实难想象，这样的舒适之所，居住的竟然是曾经对社会犯下暴行的人。

干警们本想让我们参观监控室，又考虑到犯人刚刚回到监舍就要洗澡，于是取消。我们立即反问："难道犯人洗澡你们也要监控？""当然。卫生间也一样。"

就在这一刻，"自由"二字跳了出来，这二字的千钧之重也随之落在心上。这里什么都不缺，除了自由。

在市井中生活的人们，谁会闲得无聊去想什么是"自由"呢？人们只有到了此地才会郑重其事地掂量其内涵。当我们将要走出监狱，偶一抬头，东侧厂房顶层的一扇窗口上，紧贴着一张面孔，固执地扭向我们，就那样，久久地，看着……那双眼睛，涨满了多少自由和梦想？该如何羡慕我们这些自由身！远离了美和爱，铁窗外的那一角天空再干净、湛蓝，也只能望天兴叹，无权拥抱、享用、欣赏它们。他多么渴望像天空的小鸟一样自由飞翔，渴望像我们一样自由地走动，身穿流行的时装，留着自由挑选的发型，做着自己喜欢的事情，最重要的，呼吸着自由的空气……

先前，我对监狱的所有想象大多来自文学和影视作品，电影《肖申克的救赎》曾给心灵猛烈撞击，一度我曾抛却"励志"二字看待这部影片。从此，"监狱"给我最为直接的身理反应就是心脏猛地一抖，陌生，神秘，恐怖，血腥，绝望，罪恶，罪大恶极，十恶不赦，这些世界上最为恶劣的词语，必须恶到登峰造极，才能与"监狱"产生联系。一个数罪并罚的犯人已经"N进宫"，对社会极不适应，"不知有汉，无论魏晋"，也不知"菜鸟""阿里巴巴""给力"，更不知"奥运"、G20为何物，庄子所预言的"夏虫不可语于冰"应验到他身上……在一次对越狱犯人的教育中，他喃喃地说："为什么要越狱呢……"是啊，当初他"旦辞爷娘去"，如今年事已高，再也不敢想象出狱后的"衣食住行"，哪能意识到"自由"对年轻人的意义！若为自由故，生命和爱情皆抛脑后，获得自由，才是犯人们天底下最大的心愿。

为了高墙深处这一双双渴盼的眼睛，管教人员则必须接受一些必要的自由丧失，成为那些眼睛的"荷光"者。那位制盐女工程师，同时又是管教人员，她必须随干警定期值班，其中一项内容就是看监控录像，无缝隙监控，连洗浴、如厕这样的生活细节也是不能放过的。可那是男犯人啊，但她此时必须抛却性别，我们也因此领教了特殊管教面前"自由"的另一种深意。而我们这位朋友，家在省城，平时住在招待所。当我们像住进全国所有酒店一样，呼喊着招待所的服务员先连接网络，不料，我们被告知：不仅房间没有网线，整个院区更无WIFI。就这样，我在南堡的一天一夜，充分体验了通信时断时续的痛苦经历，连移动信号都格外吝啬，偏偏那一天接到几个重要电话，又需要发送几个重要邮件，短信和微信须臾不离，就在那"令人发指"的网络状态下，我们纷纷抱怨着处理了几件关键公务，面对此间的哭笑不得和被电话那一端的误会，只好以特殊环境的特殊领地聊以安慰，我们这才想起：这就是朋友在这里的生活常态啊！直到他走出会议室，我们一起离开南堡，回石家庄，汽车开上高速，他开始回复一个个电话，反复解释着"我们这里信号不好……"

这时，那双眼睛，再次浮现在我眼前，像一面镜子，照出俗世生活的温婉模样。方才明白，先前我所有的抱怨是多么软沓沓、轻飘飘，我那些曾经"控诉"自己"苦难"的文字又有多么矫情和华而不实——那双眼睛，想用怎样的代价，换取哪怕一夕的自由？美国学者约瑟夫·奈有一段关于"安全环境"的论述，我想把它略作改动：自由，就像空气一样，平时你呼吸着它，却感觉不到它的存在，但是一旦失去，就会感到它有多么重要！

那座花园式的监狱大院，我曾在心内低呼"与疗养院、福利院何异？"可是，那双眼睛又让我明白，监狱绝不是桃花源，而是暂时没收自由的地方！上帝造人时孽根未除，所以祂让人走"窄门"，过"节制"的生活。高墙深处的那一双双眼睛，一度忘记了节制与收敛，致使其最原始的品性袒露，身体内那只罪恶的小兽肆无忌惮地跑出来，吞噬了自由的天空。现在，这座高墙就是他的"窄门"，这个社会帮他"节制"，使他洗心革面、重塑灵魂、重拾梦想，终有一天，他会自由地飞出那扇铁窗……

人间奔来一只猫

一切皆有隐迹。

那些天，日籍华人女作家黑孩经常向我炫耀一只肥硕的狸花猫。那只猫安卧于她微信头像的位置上。她在微信里聊天，也是言必称猫，辅以图片视频，以至我们之间谈论的猫远远盖过文学；以至一直眼中无猫的我，忽然群猫绕身。那些在草丛、树林、花台中出没的猫，俨然是黑孩的猫走下了微信，迎面而来，惹得我情不自禁去宠物店买好物去喂它们……

岂不知，这样的谈论和投喂，恰是一场我与一只猫生死奇缘的酝酿。那只与我命定的猫，正奔我而来。

我与这只猫的相遇，起因于在上海工作的亲戚依依。有几次到上海出差去她的家，都看见一只小花猫，雪白的底色，缀有不规则的深咖色图案，萌态可人。一年后我和丈夫去上海乘坐邮轮，因方便去码头就住在了依依家。半夜，忽觉有人轻拍我的手臂，睁眼，竟是那只小猫，小爪子正欲扬起……我本来有个糟糕的睡眠，被搞醒愈加恼火。一周后再回到上海，这小家伙索性把我们当作了自家人，尤其对我，动辄滚在脚下，翻出小肚皮，眼巴巴盯住我，四肢悬空的样子瞬间把人萌化。开始时不解其意，依依说它想得到我的爱抚。我蹲下轻抚它的头，果然，它在我面前翻肚皮的频率越来越高。

尽管如此，我对这只猫毫无记忆和概念，离开上海很快回到了自己的无猫世界。任凭黑孩每天渲染，任凭小区里流浪猫乱蹿，我的生活中，依然无猫。

况且，我的家庭早有共识：坚决不养宠物——我们受过"重伤"。早在女儿幼儿园时，有一次路过卖小动物的摊主，女儿死缠着非要买一只小白兔。买回家后，喂养小兔成为我繁忙工作和生活之外的又一任务。小兔很快长成一只硕壮的巨兔，雪白的皮毛，红红的眼睛，陪伴了女儿长长一段童年。那时我住一楼，有个小后院，小兔经常跑到院子里玩。隆冬时节，还在部队的丈夫要到北京出差，商量着带女儿看升国旗。我们给小兔留足了食物，却忽略了冬日严寒，更对铺砖的地面后悔不迭，三天后回家，看见小兔直挺挺地躺在地上……我和女儿嚎啕大哭，丈夫冲到后院，发火，"你们这样哭，让人家以为死了人……"丈夫在后院挖一个坑，埋葬了小兔，女儿写了一篇"祭文"，插在"坟墓"上。我和女儿忧伤很久，眼泪流干，很长一段时间不忍进后院……此刻尽管在键盘上敲下文字，心底那处伤口依旧滴血。浓重的伤痛笼罩全家几年，发誓余生再也不养宠物了——岂能再次经受同样的巨恸！

这些年，人们牵猫遛狗我们视若无睹。有一次全家在张家界，看见树上蹦跳着数只小松鼠，女儿吵着带一只回家，我及时提到死去的小兔，坚决掐灭了她养松鼠的梦想。

就这样在忙忙碌碌、兜兜转转中度过了远离宠物的十多年。

一年前，依依忽然联系我们，她调到北京工作，北京的居住环境不允许养猫，想把猫托付给我们。我和丈夫果断拒绝。这些年摆脱宠物容易吗！我可以在小区喂流浪猫，但若拿到家里养，万万不可。我和丈夫情绪激烈，丈夫"狠狠地"说：早该把猫扔在上海！我指责丈夫："你可以不养，但也不能随意扔掉嘛，你难道不知依依养出了感情……"当然，那是依依的感情，与我何关！那段时间，我正赶一部书稿，交稿日期迫近，每天都有定量，谁还顾得上别人的猫。我和丈夫私下嘲笑依依"玩物丧志""心无远志"，难有"大出息"，若是自己的孩子肯定狠狠教训……

然而，依依反复央求。丈夫忽然灵机一闪，他的一个朋友的公司有个花园，里面养着很多猫。那个公司我也去过，共五层，在三层南侧辟出一处精致绝伦的私家花园，一群猫徜徉其间……"要不，咱就把依依的猫放在那个花园？"对呀！这样小猫毕竟有了同伴，哪怕我们定期供应猫粮……依依连夜把猫送到石家庄。为了"当断即断"，我和丈夫决定不给猫在我家喘息的机会，在依依拼命压抑的抽噎中，连夜把猫送进花园。

是我提着那个猫提包去放在花园的。一群猫见到我们，哗地围上来。依依的小猫死死抓住提包内壁不肯出来，最终还是被我"倒"了出来，然后唰地就跑得不见了踪影。

我和丈夫都不肯承认，曾经一直对猫强烈排斥的我们，回家的路上却是忐忑不安的。

晚上，我竟难以入眠，眼前总是闪现小猫被"倒"出提包后逃跑的一幕。它怎么样了？猫群接纳它了吗？有人喂它吗？正值"五一"假期，我们在琐事中穿梭，每至夜晚，我和丈夫不停地讨论猫，甚至我想半夜去花园看看……我难以置信：何时起，竟然挂念起那只并不属于自己的猫了？一闭眼就是小猫在我脚下翻肚皮的娇憨，有那么一些时刻，竟有了亲骨肉被送人的哀恸。

五天假期结束，丈夫给公司门卫打电话，却听到："猫跑了……好几天没看见……"

丈夫的电话是在我身后打的。正趴在键盘上的我，崩溃大哭；此前对小猫一直心狠嘴硬的丈夫，也沉默不语。此时，连自己都不曾觉察，这只小猫已经深深影响了我们。

我和丈夫没顾上吃饭，来到朋友的公司。门卫告诉我们，第二天上楼喂猫时就不见了。门卫师傅看到我哭肿的双眼，犹豫着说：应该是跳到公司后面了。我问他小猫跳下三楼会不会摔死，他说一般不会，因为中间错落着一些不规则的建筑物，它会从那里再到别的小区，只是……门卫不安地看我一眼："只是它跑了四五天，它不具备流浪猫的生存能力，应该不会活到现在……"

我已顾不得体面，在几个员工面前大放悲声。对丈夫说："走，我们到后面去找，就是尸体也要找回来！"

那天，六七级的大风刮得乱叶翻飞。我们来到公司后面的一家科研机构，也是小猫极有可能跳下去的地方。我在出发前没忘做足功课，翻出几张在上海拍摄的小猫照片，调出一张正面的，在电脑上做了一则寻猫启事，留下我的手机号码，在打印店打印一摞。当我来到门前，门卫大爷伸手阻拦，但看着泪流不止的我，不知所措。我让他看寻猫启事，他摇头，让我们进院寻找，并指给我们食堂的位置，示意猫可能去那里找吃的了。

这个公司院套院，我们寻遍院子的各个角落，逢人便出示寻猫启事，并在猫可能跳下的地方贴上。当人们得知我在找猫，都流露出同情和理解，有的还指点最隐秘的角落。我随身带了七八个餐盒，在认为猫可能出现的地方摆上猫粮，一遍遍呼唤着："小猫，记得出来吃饭……"

与这家科研机构毗邻的是一个老旧小区，花园的另一半恰与小区"接壤"。小区的楼与楼之间并排建着低矮的小平房，周边的建筑物凌乱混杂。我们刚进门，一个三十多岁的女士带着小女儿盯住我手中的寻猫启事，她告诉我们，平房顶上经常有猫经过……一直训斥我的丈夫此时也揪着心，我们寻遍小区的角角落落，放置无数猫粮，在一堆杂物面前，我沙哑着喊叫："小猫，快出来吧，咱们回家，我养你……"

话刚出口，登时一惊，我和丈夫站在原地，彼此呆望着。此时，我承认自己已经把小猫当成了孩子，正经历着丢失孩子的撕心裂肺。丈夫听完我的话，本该发作的他，没说什么，只是默默地继续呼唤、寻找。

期间仅有一只猫在平房顶一闪而过。这时，我和丈夫都没吃饭，冷风吹透了衣服，体力不支，但并不灰心，约定第二天再来寻找。

第二天，我坐在电脑前默默垂泪，有半月没联系的黑孩忽然找我。我哽咽着说出这几天正在找猫……此前，我们只谈论她的猫和流浪猫，我从未对她提起过这只猫。她沉默良久，责问："难道你不懂花园里的猫不容外来猫吗？你懂得家猫沦为流浪猫的后果吗？它没有任何生存能力……"

我当然不懂。迄今为止，我只懂一些人性，对猫性一无所知。

黑孩压抑着满腔的愤怒，仿佛我谋杀了这只猫："好，我明白你并非遗弃它……但我不想安慰你，你就继续找吧。"

就在这时，丈夫的手机响了，"……好好，你能确定是我们那只猫吗？……好，你们看住它，我们马上就来。"丈夫放下电话兴奋地说："猫还在花园里，咱们赶紧出发。"

我抚着跳个不停的心脏进到花园，却不见那只猫。而那群猫忽地又围上来，丈夫没好气地"呵斥"："去，都是你们……"一位女员工说，刚才喂猫时，发现了一只陌生的花猫，"放心，它肯定藏在哪个角落，一会就出来……"

我心急如焚，满园睃巡，猛地发现，在花园边缘处的双层栏杆之间，露出一条花色尾巴，一条腿趴在外面，整个小身子则夹在粗疏的栏杆之间，瑟瑟发抖。为了不让失而复得的机会稍纵即逝，一贯极易惊慌的我居然淡定沉着，稳准狠地一把抓住了它的左后腿……

带着猫回到家，连日的奔波令我头痛欲裂。家里没有任何养猫的器具，丈夫毫无抱怨，耐心地寻找宠物店去买猫需要的一切。而猫拒绝吃喝，死死抓住提包内壁不出来。不过它已回家，我顿感安心，一下子瘫在沙发上，大脑急速转动如何安置这只猫。

黑孩的微信及时发来，这才想起还没顾上告诉她猫的消息。我欢快地对她说："这只猫真有灵性，一定知道我在找它"，黑孩换了一副兴奋的口吻："你的猫肯定度过了非常恐惧的几天，是你的真情感动了天地。谢谢你！"

黑孩告诉我猫已经被折腾六七天，依然处于惊吓中，如果不吃喝也许就会脱水，有生命危险。我心一紧，忙向她讨教，她说除了去医院输营养液，还可以喂它"啾噜"。

何为啾噜？我问黑孩："日本有啾噜，你确定中国也有？"她想了想，告诉我啾噜就是猫条（一种猫吃的零食），宠物店都有……我一跃而起，奔到宠物店买回几只猫条，挤在小盘里，小猫的小舌头软软地卷了起来……我立刻给黑孩发了视频，告诉她猫开始吃喝了。

猫奴生活正式开启。

意外的是，家里几乎"无猫"——整个白天它竟玩消失。寻找良久才在窗帘后面看到那个小小的身子，一整天就那么静卧，一动不动。傍晚它才出来到卫生间吃喝排泄，然后又回到窗帘后。它在那里藏到第七天，才开始探寻家里的各个角落。我陆续给它买来猫别墅、猫玩具，渐渐适应它的存在。

总不能再喊"小猫"吧。我和丈夫自作主张叫它"咪咪"，后来再衍生出"小咪""咪子"，或干脆一个字：咪。

骤然增添的这只小生命，手忙脚乱中黑孩成为我的第一教练。令我惊奇的是，拯救咪咪的整个过程，黑孩屡次对我连声道谢。听语气，那猫本来就是她的。我忍不住问："这只猫分明是我的，怎么好像在替你养它呢？"她回复："凡是善待动物的人，我都感谢。"

那时我已发现黑孩的作品中遍布猫、狗、斑嘴鸭以及小咖鼠等。我寻猫的那些天，她正参与拯救贝尔蒙特公园的斑嘴鸭，她整个人索性就是一座动物园！我不免好奇："能解释你对动物这种超乎常人的感情吗？对人……太失望？"她说："可能是我觉得自己太弱小了，不能拯救自己更不能拯救他人，但是，眼前的小动物，只要我稍微用一点点心，就可以改变它们的命运。无疑，美食美景常常令我情绪高扬，但从心底深处感到幸福的，却是感受到那些不幸的小动物重新变得幸福的那一刻。只有这一刻才觉得渺小的自己，也有活着的意义和价值。"

如此深邃的思考令我始料未及。我从来不曾围绕一只猫使用过这么多脑细胞。当然，对咪咪从排斥到生死不舍，也让我看到一个陌生的自己……黑孩说："是你的心动了。谢谢你的悲悯之心。最近最治愈我的，就是你和你的猫。"

咪咪到家里两个月后的一天，依依到石家庄出差，第一时间来看她的猫。正赶上丈夫那几天烦事缠身，两个月中猫带给家里造成的一切影响让他顷刻暴发：吃喝拉撒，猫毛横飞……他怒气冲冲地对依依说："你想办法把猫送走吧，我们不可能让整个后半生都被它困住。"

依依惊愕中打开手机，一会儿告诉我们，找到了正定县一位愿意收留咪咪的中学女教师，约定第二天把咪咪送到正定。

清早，丈夫火气未消，依依惊悸地嗫嚅着，我的内心雷电交加。想起猫在花园的生死劫，想起艰难的寻猫过程，我心如刀绞，内心有深深的不舍，与丈夫顿起争执，三个人的声音在屋子里回旋。不见了咪咪。

找遍室内各个角落也没发现咪咪，莫非跳窗……慌乱中，忽然想起它刚来的第一周在窗帘后的隐匿，可是后来它再也没去那里呀……我一把掀开空调机背后的窗帘，果然看见了那个软软糯糯的小身子，头埋在前爪间，不停地颤抖——它分明听懂了人类因它而起的一场战争，正无力地等待裁夺。

我的泪水夺眶而出，一把抱起它。那一刻，我敢肯定自己面目狰狞："哪也不去，我养你！"我紧紧把咪咪抱在怀里，拉开了谁若想夺走必拼命的架势。

丈夫却不领情，"你养它？好像那不是咱家开支？它占用的难道不是家庭空间？你照顾它的时间难道不是家人的时间？"

"我……我挣稿费养它！"

"国家并没强制我养动物，不养动物并不犯法！"丈夫粗暴地打断我。

"我自己照顾它，不用你管！"

"好，这可是你说的！"丈夫虽火气不减，但我的坚定也让他不再坚持了。咪咪被我留了下来。

当天深夜，我忽然被咪咪吵醒。它趴在我的脚边，本来睡着，小身体抖动着、痉挛着，并发出一种尖细的哼唧声，似哭非哭，似笑非笑，无疑在做梦，少顷继续睡去……我却难以入睡了。

是因为白天对它的挽留而感激？还是梦到它的父母兄姐？是的，它们远在上海或其他什么地方，不知过着怎样的生活，是继续流浪？还是像自己一样遇到了一户还算温良的人家？它们还活在世上吗？当然，它们或许已经"绿叶成阴子满枝"，而咪咪，已绝育……

夏天，傍晚。闪电，惊雷，大风，乌云滚滚，我刚进小区，豪雨如注。赶紧看向冬青树下的隐秘角落，那是早晨我刚刚为流浪猫添加的猫粮，一只灰猫正趴在上面狼吞虎咽，我立即引它到一处檐下……回家后，寻找咪咪，发现它卧于窗玻璃与栏杆之间，半人高的栏杆与窗玻璃的缝隙恰好容纳一只不太胖的猫。咪咪安逸地微闭双目，任风雨噼啪打在窗上，时而伸长脖子，看向楼下，似乎牵挂着此时那些同类。

渐渐认识了猫性——它们有时也具有人性的无尽贪婪、得寸进尺。咪咪跟我整整一年，开始并无"外心"，而是安于室内。然而，半年后，每当打开家门，它对外面世界的强烈向往让它拼命挤到门外。开始我觉得不妨任它玩耍。家门通向电梯的公共空间有一道防火门，防火与家门之间形成一个狭小空间，它忘情地闻闻地毯、蹭蹭鞋柜，再抓抓门边，就回屋了。然而几天后它却对着防火门发力，我试着给它把门打开，它却惊恐地一跳，跑回室内，又忍不住偷偷瞄向门外。再后来，它试探着一点点向电梯间挪移——显然那里对于它来说是个"广阔天地"。它先是胆怯地扭头看我一眼，前爪伸出去，一切那么新鲜，几次之后就到了步行梯口向下张望，并欲下楼……我立即把它抱回屋里。它却从此再也不安于这熟悉的空间，一天内总有几个时段趴在家门内喵喵大叫，站直身子用前爪频繁扒门，愤怒地回头望我，似乎在说："为何不开门？"我请教黑孩，她说都是我"惯的"，猫把去过的所有地方都视为领地，每天都要去巡视，否则就会抗议。

再看到小区的流浪猫，不由得感到黯然：安逸的代价是自由的丧失……

有一天我下楼给流浪猫添猫粮，一个穿校服的男生正在欢快地给一只小黑猫拍照。小黑猫见人就蹭腿，我把猫粮放在一个绿植下的僻静处，它不急吃饭反而一遍遍蹭我的腿。我不懂猫这个动作的含义，给几个猫粮点位添加完，又外出办事。晚上回到家，"灾难"就降临了。

平时我从外面回家，咪咪都在门内喵喵着等我。丈夫告诉我，无论它当时在哪个位置，仿佛我一进电梯它就感知了我的气息，噌地一跃跑到门口喵着等我，往往我和它隔着门呼应几声才开门，它总是欢叫着在我面前打滚求爱抚后才肯离开，这是自它来到家后雷打不动的节目。值得一提的是，丈夫回家时它从来不到门口迎接，这个待遇只给我一人。

然而那天，我照例在门外喊它，它应了一两声，忽而喵声突变。我急忙打开门，看见它形如小老虎，龇牙咧嘴对我做攻击状，声音的恐怖程度闻所未闻。那个声调，高强度地变音……我当机立断，哄着它一步步来到洗衣机前，把衣服全部脱下，再跑到柜子里取出一只猫条，它始终咆哮着试图攻击我，看到猫条才稍稍安静，吞咽着，喉咙里还发出呼噜声……黑孩告诉我，家猫极为敌视其他猫留在主人身上的气味，原来是那只小黑猫惹了祸。

喂食、清理便溺和猫毛、更换猫砂、凌晨三四点被它吵醒、驱虫、化毛、洗牙、剪指甲……凭空增加的这些劳动，其实都不如出远门纠结——没想到咪咪的存在竟让出门变得如此棘手。第一年，由于疫情，即使出差也有丈夫在家。但有一次我们想安排家庭旅行，只得请住在附近的亲戚帮忙照顾。行前在家中安装了两个摄像头，路途就多出一个习惯，时常打开摄像头寻找猫的位置。到达目的地的第一个动作就是打开摄像头。已是夜晚，咪咪立于客厅茶几上，面向家门久久站立，我瞬间崩溃，放声大哭，丈夫不明所以，看到那一幕也久久无语。而从这样的时刻起，我们的旅途开始变质，先前的兴高采烈变得焦灼不安，原本半月的行程，不到一周就急匆匆赶回了家。

时光流逝，咪咪就有这本事，让当初执意送走它的丈夫回心转意，以至溺爱。当我向几位"猫奴"吐槽养猫的烦恼时，他们果然无一例外地宣称：猫咪带来了人类无法给予的喜悦和治愈！我却不能苟同：咪咪萌态十足，可它不会讲话，难道不缺点什么？不等说完，朋友打断我：人们养宠物正是看中它的"沉默"呀，你的孩子、同事、朋友倒是会说话，但你不觉得许多麻烦甚至灾祸，正是来自这些"话"的吗？

这"理论"一时让我语塞。却不得不承认一个变化：生活经常赏给你一些瞬间炸成齑粉的暴怒，当转头看到咪咪，整个世界旋即变成一片婴儿粉的颜色，自己竟然转而换作圣母模样，恨不得为了咪咪化为一只绵软的子宫。

人间奔来的这只猫，软糯的一团，令人很抚慰、很治愈。一个愿望渐渐萌生：买一块地，建一个大大的农场，收尽天下所有流浪猫，让它们有序有节制地繁衍，从此我与这世间的猫，彼此拥有。

　　张炜创作的长篇小说《古船》出版后，引发多方争议。在一次采访中，记者提出《古船》的写作地点——有人说张炜是"蹲在阴暗的角落里炮制"的，张炜苦笑：那个"角落"，足够"阴暗"。

　　为了写作《古船》，张炜可谓"三易其地"。其时的张炜，文名灼灼，文债累累。他开始琢磨躲开人群，就在军区招待所找了一间小屋，成为隔开红尘的暂时屏障。然而，毕竟身处闹市，半年后，还是被人"挖"了出来。他的小屋不再宁静，他只得"另辟蹊径"——寻找到那个"阴暗的角落"。这是位于济南郊区一座山脚下的孤房子，大约十平方米，是一处废弃的配电小屋。或许被人遗忘得太久，屋里满是垃圾，大半个墙熏得乌黑，应该是进山的流浪汉夜间烤火的"战果"。这里人迹罕至，阴暗潮湿、难见阳光。收拾停当，张炜在小屋里放了一张桌子和一张床，烧点热水，开始了写作，一直到打好《古船》草稿。

　　张炜没提及他的日常生活，比如饮食起居、严寒酷暑、蚊虫叮咬……那时是 20 世纪 80 年代，别说外卖，连手机还没影呢。但我能想象，抱了写作目标的张炜，日常琐事成为无关紧要的"背景"，被他无情地略过了。岁月流逝，屡获大奖的张炜后来经常想起山上的那座小屋。一个秋日，他登上南郊那座小山，走在枝叶微语的灌木丛中，寻找着那间破败的小屋。小屋还在，只不过在那个喧闹而空洞的秋天，它看上去显得比往日更小、更破旧，也更寒酸，显然它已完全废弃。秋叶缤纷，落在肩头，只有他心里知道这座小屋对自己的给予。

连一个流浪汉都鄙弃的蛮荒山野小屋，竟成为一部著名作品的诞生地。有一年春天，我与丈夫驾车自沪杭区域返回北方，停车留宿济南。我在百度导航里定位了"南郊"二字，并关联搜索，寻找张炜所描述的那间小屋，但不得要领。不知是方位有误，还是那间小屋确已完全遭毁，没有寻找到丝毫踪迹。但这间晃动在意识屏幕上的小屋，还经常放射出一种奇异的光焰，让我想起曹雪芹曾对《红楼梦》书稿"披阅十载，增删五次"的地方——悼红轩；倘若再将目光放远，则看到了在地球另一半康沃尔镇那间属于塞林格的小石屋。

当《麦田里的守望者》给塞林格带来巨大名声和财富之后，在他位于纽约的家的楼下，经常有打扮成霍尔顿模样的少年问他：你怎么会这么了解我？他无言以对。这些骚扰让他不堪其烦。1953 年，他在新罕布什尔州的康沃尔小镇，买了一块九十多英亩的土地，建了一间石头房子，隐居下来。

在康沃尔镇，塞林格住在两所不同的房子里。一所是他和妻子克莱尔的家，另一所就是他的写作室了。两处房子相距四分之一英里。他每天早晨六七点起床，早餐后带着午饭去那个封闭的"书房"写作。房子四周都是树木，布着铁丝网，装了警报器，别人想拜访他，要先递信件。到后来，那间小房子装了一部电话。他指示克莱尔，除非必要，决不能随意打扰他。有许多个晚上，晚饭后他又回到小房子里继续写作。再后来，塞林格索性把自己关在小屋里一两周也是常事。他不接受任何媒体的采访，拒绝了白宫邀请的晚宴……他就这么隐居着。九十一岁时，塞林格故去。

文森特广场，这是毛姆的处女作《兰贝斯的丽莎》的诞生地。毛姆在圣托马斯医学院读书时，一边解剖着尸体，一边偷偷写作。他在伦敦文森特广场11号一幢三层楼里租到一间四周带围篱的房子，从那里可以望见威斯敏斯特学校的操场。房间里有一张很窄的铁床，一张带抽屉的书桌和一个洗脸架。他还把起居室挂上绿色哔叽窗帘，在壁炉台上蒙上一块织绒，从《伦敦新闻画刊》上剪下圣诞贺卡贴在墙头，当然，这个画片经常更换。这里的女房东，就是《啼笑皆非》中那位佛尔曼夫人。每天早晨，她敲响每个房客的房门，催人起床，生火做饭。毛姆在这里形成十分规律的生活，白天在学校学习，下午6点回到广场买一份《星》报，看报读书，然后写作，一直到就寝。在毛姆已享盛名的20世纪初，法国地中海沿岸的里维埃拉成为许多欧美作家的天堂，他们纷纷在那里定居。1927年，毛姆在这里拥有了一幢曾属于前摩洛哥亲王的旧宅——后来装饰一新的莫雷斯克别墅。除了第二次世界大战，他在离世前的近半个多世纪中，都住在这里。他的书房位于二楼。我在不同版本的《毛姆传》中都看到过关于这间书房的图片和文字描述，我也经常穷尽一切想象去构画、描述毛姆的这间书房。

"从一个小小的绿色楼梯上去就到了毛姆的工作室，它像安放在二楼平顶上的一只长方形盒子。一面墙上开着几个长长的落地窗，另一面墙放满了书籍。面对书籍的写字台是一个八英尺长的西班牙式写字桌。

光线从高更的窗户射进来，这个窗户是从塔西提岛买来的，把它装在升高的壁凹中……"在一本薄薄的小书《毛姆——皮波人物系列》里有一幅珍贵的照片，正是那个"长方形的盒子"。照片中，在逆光里右手捉笔写作的毛姆侧影，淡定，卓然。这幅照片下面有一行小字标注"写作中的毛姆"。除了出游，上午 8 点到中午 1 点，成为他坚如磐石的写作时间。他经常邀请慕名前来的朋友参观他的书房，对他们说，"你看见从下往上数第三排吗？"他指着书架说："它正对着我的水平视线。当我一时想不出合适的词时，我就抬头，告诫自己，不管多么疲倦，那整整一个书架摆满的都是我自己的书……"

令人不解的是，像毛姆这样在同一个地方待上三个月浑身就不适的"资深驴友"，却十分欣赏一个终生没离开出生地的人——康德。毛姆专门为康德写过一篇《对某本书的思考》，这本书就是《判断力批判》。为了解开这个"谜"，我甚至买来六十万字的《康德传》。无须求证，康德的"忠贞"就摆在那里——他一辈子也没离开过柯尼斯堡小镇。

在康德生活的 18 世纪，八十一岁的寿命不算短。他从出生一直生活的柯尼斯堡小镇后来归属俄罗斯，一直到更名为加里宁格勒。我们可能多少都听过他机械钟般的一生：起床、喝咖啡、写作、授课、吃饭、散步，一切都有固定的时间；邻居们甚至会拿他散步的时间来对表：每天下午三点半整，穿着灰袍的康德，拿着拐杖出门，在家门口的菩提树道上来回走八趟，不论酷暑严寒、阴天下雨。散步归来，则在书房读书写作，直到天色变暗。这时他另一个习惯开始启动：将目光对准正前方一座教堂的尖顶，进入深深的思考。可是有一天晚上，康德发现他怎么也看不到那个尖顶了，原来是旁边的几棵白杨树长得太高，遮住了塔尖。这意外的变化，中断了他那似乎亘古不变的思维运动，让他坐立不安。幸运的是，杨树的主人同意剪去树梢，这样，康德才能继续进行他那庄严而伟大的思考。康德一生未婚未育，不喜欢他的人（比如尼采和海德格尔）讽刺他"连点人情味儿都没有"。是的，因为"娶"了哲学，他放弃了热恋过的姑娘。据说，柯尼斯堡有两位也曾喜欢的女性，但二十五年间他没跟她们说过一句话，因为"无话可说"。康德的八十一年，足不出镇，又没有互联网，但他居然博古通今，写出如此宏大的哲学著述。因为康德，我开始重新打量"读万卷书、行万里路，阅人无数"这句名言。

1851年，雨果开始了他长达二十年的流亡，先后辗转三地：布鲁塞尔、泽西岛和盖纳西岛。雨果在布鲁塞尔换过多个宾馆，开始时极为寒酸，"只有'巴掌大'的一张床，两张秸秆编的椅子，一间阴冷无火的卧室"。他在这里考虑的是"现在，我坐在了最下等的位置上，再也不用担忧被赶下台了"。后来他在大广场区租了一间几乎是"空荡荡的房子"，里面"只有一张长靠背椅、一面镜子、一口裂了的平底锅和六把椅子"。他在这里启动了搁置已久的写作事业。

然而，由于《小拿破仑》的出版，他很快被比利时驱逐，于1852年来到英属泽西岛海边的一个小村子——纳尔逊府。他租了海边一处独门独户的房子，即后来著名的"望海阁"，雨果自嘲它是一个"笨重的白立方体，像是坟墓"。其实那是一个美丽的小别墅，带阳台、花园和菜园，一点也不阴森。在这里，雨果完全恢复了写作；当然还有一个不算隐秘的原因：他要靠写作养活至少两个小家——他和妻子阿黛尔的家，以及情人朱丽叶的家。雨果把朱丽叶安排在距"望海阁"不远的一套房子里。妻子、情人和朋友们都在极力催促他的写作，他从来没感觉这样的自由、精力充沛，得心应手。再没有法兰西学士院，再没有国民议会，再没有远远近近的朋友们，再没有围绕他身边的莺莺燕燕。在这里，他除了写作就是思考生与死。他的《沉思集》为他带来巨大的成功。

几年后，雨果再次成为寄居国和祖国之间政治走向的牺牲品。泽西岛本来就不喜欢吵闹的法国人，更厌嫌游走在情人与妻子之间的雨果。可悲的是，当雨果终于远离了政治，政治却不放过他，在一次维多利亚女王访问法国并与法国皇帝不睦后，泽西岛司令官向雨果发出了驱逐通知。他们只得前往另一座小岛——盖纳西岛。

盖纳西岛比泽西岛更小，雨果租了上城街20号一座悬崖顶上的房子，这就是后来写出《悲惨世界》和《海上劳工》等名著的"上城别墅"。因为担心再次被驱逐，他只得按月支付房租，后来用《沉思集》的稿费买下了这幢房子，使他成为盖纳西岛上的"产业主"。他在这里只要了一张桌子，就立即开始写作。

上城别墅是一座高层建筑，正面开了十四个窗洞。从窗口望去，英吉利海峡的所有岛屿尽收眼底，海港就踩在脚下，"晚上，明月当空，真像身处梦境"。别墅共四层，妻女住在二楼，雨果和儿子们住在三楼。雨果自己在四楼建造了一个能够俯瞰大海的瞭望台，这是小岛的制高点，晴天可以看到法国海岸，犹如置身于风景画中，一切都富有象征性、纪念性，这里成为雨果的写作间。他是站着写作的，面前放着一面镜子，镜子上有他亲笔画的怪异的花瓣儿。写作间旁边有两间小卧室，他有时不愿下楼，就睡在其中一间的小床上。他那一间是玻璃造成，能看到外面，外面也能看到他。雨果在写作间里贴满了他用法语写成的各种格言警句："生活就是流亡""6点起床，10点睡觉，长命百岁"……另一间则是女佣的房间。他的记事本上记录着一个个年轻侍女的名字。

据他自己说，越是年老，就越是需要年轻的女性陪在身边激发他的写作灵感。而他的老情人朱丽叶，则被他安置在与上城别墅咫尺之遥的"拉法侣"别墅。或许因为这独特浪漫的海景，雨果的许多诗句竟是在睡梦中得来。睡意朦胧中，他把诗句记下来，第二天早晨再把夜间的收获整理归仓。一直到1870年流亡结束，雨果一直住在这里。

相对于雨果的枕涛疾书，巴尔扎克名垂文学史册的破阁楼就显得寒酸多了。自封为贵族的巴尔扎克经常穷困潦倒，在最艰苦的岁月里，他生活在一个既无供暖也无家具的小阁楼里。不过，这位勇敢无畏的大作家，决定用自己的想象力来给这间小屋进行内部装饰。空空如也的四壁上，他写下了希望摆在那儿的东西。在一面墙上，他写了"红木镶板，五斗柜"，另一面墙上则是"哥白林挂毯，威尼斯挂镜"，而在空荡荡的壁炉前，他写的是"拉斐尔的画"。

巴尔扎克所居住的邋遢阁楼位于一幢建筑物的顶层，那一带是巴黎最危险的区域。对于一个像他这样高要求的人来说，这种条件真是艰苦之至。巴尔扎克简直穷到了极点，大多数情况下，他的晚餐只有一个小面包和一杯清水。有一次，一名巴黎书商欲买下巴尔扎克的一部新小说，但在看到他那寒酸的住处后，便打消了这个念头。一天深夜，一个小偷来到阁楼行窃。当他取下书桌上的锁时，惊醒了正在熟睡中的巴尔扎克。巴尔扎克不禁大笑："你冒这样大的风险，是想在这张书桌中找到钱吗？"他说，"就连白天，我这个合法的主人也没能在那儿找到一文钱。"

曾经经营医院的福楼拜的父亲，临终前为家人在塞纳河畔的克鲁丽塞买了一处房产，那是一幢有着二百年历史的精美石屋。福楼拜的书房就位于底楼，窗户面向塞纳河和花园，因此，他的书房具有"航标"的美誉——通宵达旦地写作，终夜点着有绿罩的灯，成为塞纳河上的渔夫与船长们的免费灯塔。

而可爱透顶的卡夫卡就没这么幸运了，他在写给未婚妻费丽丝·鲍的信中说："我最理想的生活，是带着纸笔和一盏灯待在一个宽敞的地窖最里面的一间。饭由人送来，放在地窖的第一道门。穿着睡衣，走过地窖所有的房间去取饭，是我唯一的散步。然后我又回到桌旁，深思着细嚼慢咽，紧接着马上又开始写作。"——萌翻了吧？你远离尘世，不挣钱养家，居然幻想着有人给你送饭！这种"穴居"理想并非一句妄言。与他纷繁复杂的内心世界相比，卡夫卡的生平经历可谓平淡无奇：大学时读的是法律，之后一直在保险公司任职，小说创作完全属于个人爱好，生前只是零散地发表过一些短篇作品，既未走上职业化的文学道路，也几乎没能离开过他的故乡布拉格。而把生命的终极理想寄予一个"地窖"，隐现的正是卡夫卡巨蟹式的孤独、不安和忧惧，也难怪他生前默默无闻。

擅长"躲猫猫"的张炜，《九月的寓言》的诞生地是登州海角，一处从朋友处借来的"待迁的房子"，面朝大海，"说不出的简陋"，却"隐秘又安静"。因为写《九月的寓言》，他几年没去过城市。那是1987年，电子邮件还没来到中国，给出版社寄稿子需要装订，而装订用的绳子，也是七旬老母用手捻成……

曾在网上看过莫言的书房图片，即他的"一斗斋"。听起来很高大上的名字，内部装修却很简单，一张小桌，两把木椅。

读过裘山山的一篇散文，红装、武装都爱的她自曝，如果书房里没有轻柔的音乐，没有娇艳的鲜花，没有热气腾腾的香茶，就无法进入写作状态。近几年，由于大部分时间都在书房，我竟不经意间被裘山山所感染：音乐、鲜花、香茶一个都不少。

独居，显然成为当下作家们一个可爱、有趣的悖论：人们奉行着"群居动物"守则，作家们恰恰相反。对作家而言，人生的一半都在看书，另一半在写书。书房，由此成为人生中格外特别的所在。此时，回望那一个个千奇百怪的书的"生产车间"，不由令人肃然起敬。

"在南京，没有一只鸭子可以游过长江"——鲁敏曾在不同场合讲过这句话。事实上，她也没让那个卖盐水鸭的中年男人游过她的小说疆域。女儿读高中时，鲁敏在学校附近租了一套房子。而那个小区门口林立的店铺中就有一家"徐记鸭"店。鲁敏在一次次消费盐水鸭的同时，也没放过那个被她研究端详了无数次的店老板。排队的时候，盯着那个憨实的低头打理盐水鸭的中年男人，她那小脑瓜就开始转动了——给他编排一个怎样的故事呢？是的，在她眼里，他应该有故事，他必须有故事，他的故事一定要属于她。于是她把他写进了一个短篇小说《徐记鸭往事》。或许，那个鸭店老板至今仍在他的小店里懵懵地忙着，会否想到，自己头都没抬，已被小说家"瞄准"了？

鲁敏盯上了这个小店主，在小说中，还毫不"仁慈"地让他去死。她"派"给他的妻子，是一个布店女营业员。此时，我们虽不必强求鲁敏非要去布店买一块布，却可以肯定她曾经路过或进过布店，哪怕不经意地抬头，里面那些"花花绿绿"的"一溜儿的整齐、苗条、能说会道"的"老女人、小女人、胖女人、瘦女人"，就收入眼底。

这些女人也别想跑，当然，她只"用"一个，瞧，跟那盐水鸭店主还蛮搭的；当然，只有这些花花绿绿的女人还不够，穿过她们，她就看见了那个背着手踱步的布店副经理。只是，这位杨副经理与布店所有女人之间那些处理残次布品的经验，是否仅仅属于鲁敏呢？也可以理解为鲁敏的"借用"：卖布的与卖肉的、卖菜的、卖油的，其理相通。总之，由于一捆厚厚的人字混纺华达呢，"很重，绝对上等货色，只中间有几行跳线，算三折的价格，简直白送"，鸭店主就被杨副经理戴了"绿帽子"。

店主怎么知道的？这类事，老婆会主动坦白吗？别担心，鲁敏的目光同时捎上了旁边"做桂花糯米藕"的湖州老板以及马路对面的"生煎包大王"钱老板，后者是店主的安徽老乡。哦，还有杨副经理的老婆，一家医院里的重症护工，好，诸人到齐，剩下的活计，就交给小说家了。

这个故事，鲁敏是让"死人话多"的店主作"地下自述"。她把他写死，他必须死。他直接去杨副经理家算账，狠狠地砸最贵重的物件、重重地打他。杨副经理不但不还手，还听之任之，提出"你也睡我的老婆"，并在上班的路上截住快要下班回到家的老婆讲明这件事，老婆也痛快地同意了。不过，杨副经理的老婆昨晚在医院上大晚班，一人看三个重症，"折腾一夜，死了两个，活了一个"，下班途中又挤了四十分钟公交车，再到菜场买菜，"你最好快点，我困死了。"但店主不想这么做，最后将杨副经理的老婆杀死……

一个日常生活中最为普通的排队买盐水鸭的队伍，一个小说家就在小说创作中把盐水鸭店以及周围的水煎包店以及不远处的布店调动起来，她自己做总指挥，演奏成一支铿铿锵锵的交响乐，通过有限的五个人，让家庭、道德、法律、伦理与性，纠缠在一起，把一系列思考以及血淋淋的人性剖面，抛到世人面前。

多么称职的小说家！鲁敏创作的另一个短篇小说《火烧云》的灵感也来自身边的人。开始是她听人讲过一个故事：一个年轻的女人突然把自己的小孩卖掉，到山上当居士。正好鲁敏认识一个出家的人，就把这一男一女两个人融合在一起。整个行文恬淡如水，却展开了一段从红尘到山上试图逃脱人间烟火的居士生活。她把男人写成了一位躲避世事的真正的居士，而另一个则写了屡屡被生活拷打而又屡屡调戏人生、靠卖自己的孩子买了豪车的女人，这两个一真一假的居士相遇在城市边缘的山顶"云门"，最后女居士逼走了男居士，自己被山火烧死。

其实，我们对居士并不陌生，来自各类媒体的奇葩故事更是比比皆是，关键在于，他们是否已经或曾经被小说家盯上。哪怕被扫上一眼，在小说家笔下集合，都是迟早的事。

被小说家盯上，幸，或不幸？

付秀莹说过，想起一个漂亮句子的时候，一篇小说就开始了。有时，岂止"漂亮句子"，一棵草，遇到了小说家，也别想"幸免"。有一年，付秀莹回到河北老家无极的"芳村"，趁家人午睡，她独自散步于少时走过的一条长满青草的村路。远远望去，旁边麦田上飘荡着淡蓝色的烟霭。河流在更远处，苍茫隐约。午后的阳光照下来，路边的田埂上，突兀地生长着一棵灯笼草，开着淡粉色的小花。刹那间，她周身闪过一阵惊悸，仿佛雷击般，一篇小说就开始了。《灯笼草》中的灯笼草，"细细的叶子，春天的时候，开着一种粉色的小花，像灯笼。灯笼草在乡野极常见，田间，地头，垄上，满眼都是。"她把灯笼草的物质赋予了一个人物，美丽质朴的村妇小灯，生长在乡间大地的众多女子中的一个，她们绽放和寂灭，如同灯笼草，在大平原的皱褶中，热烈而寂寞。

"小说如何诞生？对于我来说，我会被生活细节的褶皱打动，被打动的时刻，这就是小说诞生的时刻。"付秀莹坦言，当走在街上，看到一扇虚掩的门，刚刚窥到院子里的风景，很快门就被关闭，这时，"对于小说家来说，就特别渴望看到院子里的生活场景，院子里是否晾晒有衣裳、房檐下是否有垂下来的辣椒串子，抑或一只猫在门槛边酣睡……小说家就会展开想象，这户人家生活是怎样的？有什么样的悲喜？"这个意义上，小说家都是克格勃。

这就是真正的小说家了。鲁敏在一次新书推介会上，讲到她为女儿读高中而租的那套房子。搬家前，她和丈夫带着女儿先去看房，"打开门后，进到门厅，我让他俩别动，我自己先把房子的各个角落仔细搜寻一番，为的是看看前任房客为这所房子留下点什么，哪怕一个粗淡的印记……"然而那次搜寻却"成果不佳"，前任房客或许是个洁癖，把房子清扫得一干二净。尽管如此，窗台的一些轻微划痕，灶台的抹布水迹，一个花盆底座留下的圆圈，都让她捕捉到了前房客细若游丝的气息，并浮想联翩。借助这哪怕极为浅淡的留痕，就可以隔空眺望那个不曾谋面的"假想客"了，她的职业，她的故事，她的苦乐……事实上，鲁敏的许多小说主人公就是这些迎面而来或转身而去的陌生人，甚或这个曾经共同享用一个立体空间的陌生房客。

付秀莹特别喜欢"想象与一个人的相遇，想他在想什么，想着他身上的故事，并写进我的故事，就像我们真的认识一样"。从现实到文学，她就像一面滤镜，镜面扫过所有的人，最后把精选的文学颗粒嵌入她的小说，"你相信吗？有时候，在街上走着，迎面或许会走来一个人，与你似曾相识。他可能在你的小说里出现过，在你的虚构里，他们过着另外一种生活。这种生活在他们的世界之外，神秘邈远，充满想象。你忍不住看了他一眼，终于擦肩而过。你认识他，而他不认识你。你微微笑了。抬头看天，装作看一只飞鸟掠过。这是一个小说家隐秘而天真的快乐。"

这样的体验，除了小说家，还能属于谁？还是鲁敏，她做过一个比喻：你把一个茶杯抛到天空，茶杯会掉在地上，水会洒出来，这是现实主义的逻辑；但作家的逻辑就是你把茶杯抛向天空，水也同时飞向天空，茶杯也可能成为一束怒放的鲜花。而我们普通人的逻辑呢，一个茶杯扔到空中，再落到地上，除了摔碎的命运，还能有什么？

莫言新书《晚熟的人》中有一篇《红唇绿嘴》，主人公是莫言的一位"表姐"，被称作"高参"的女人覃桂英。莫言巧妙地把当下的网络大V融入故事，畅快淋漓地揭露了不忍直视的人性。六十多岁的覃桂英自幼就有让自己在任何场合大出风头的妙招儿：小学三年级全班集体劳动时，老师李圣洁在不知情的情况下催着覃桂英下水田，使她的六趾秘密曝光，从此她忌恨在心。"文革"爆发，只有11岁的她与男生谷文雨一起带头批斗李圣洁。李圣洁不堪受辱跳井自杀，覃桂英却顺利升学，毕业后她先是到公社革委会工作，后又加入农业学大寨工作队，并且担任副队长。而她双手叉腰、嗓门高亢、面部表情丰富的演讲，总是让她风头出尽，闻名于整个胶东半岛。她能出卖自己的恩师，自然也能出卖自己，一贯擅长钻营攀附，但在梦想几经破灭之后，嫁给了曾经出卖过她的谷文雨，蜕变成了普通的农妇。

然而互联网"拯救"了她，为她迎来"发光发热"的"新天地"，活成了众人瞩目的"焦点"。她策划了多起针对政府的网络事件，"在县政府门前卖孩子"的表演，鼓动一个个"钉子户"乘着"两会"期间到北京上访……经她策划的此类案件数不胜数、花样百出，常常将政府耍得团团转，使东北乡的政府头痛不已。她也因此名震胶东半岛，获得一个"高参"的称号。"莫言"表侄在东北乡做了多年书记，因为她的存在，宁愿调到遥远的新疆去，也不愿意造福家乡了。

莫言出名后，她更是利用传言"村里的土地和房产将要升值"的消息，兴风作浪，挑动村民闹事。她的"业务"非常繁忙，同时用着五个手机，手下掌控着一百个水军，她想让他们打哪儿，他们就打哪儿。她还有两个公众号，"红唇"与"绿嘴"，粉丝均已经过万，声称还要过十万……更为戏剧的是，她最后竟将"魔爪"伸向大名人莫言：自从加上莫言的微信，她为他编好了两条"谣言"，并声称："一条一万，买不买？"这两条谣言是："某年某月某日，有关部门领导与你谈话，让你担任一个副部级领导职务，你说你当不了，原因是当了领导就要开会，而一开会你就打瞌睡"；另一条，莫言的父亲去世前提出土葬，莫言没答应，老人活活"被你气死"。"莫言"简短地回复了一条"谢谢，我不买"，拒绝了她。这样的"铁姑娘"，莫言那一代人以及60后70后绝不陌生。而这样见风使舵、投机钻营、自私利己的丑陋人性，并不鲜见地存在于社会的各个角落，或许每个人都会或多或少地遇到，甚至被其灼伤。此时，她撞上了小说家的"枪口"，那些无法直视的人性褶皱，无处躲藏。

前不久，很少追剧的我，忠实地追了一部都市谍战剧《暴风眼》。围绕国家核心技术，无论国安人员，还是大大小小的间谍，就混在我们须臾不离的生活中：或许你飞机上的邻座，你办公室的同事，你在超市购物时擦肩而过的陌生人，甚至每天与你一同出入电梯、共用一个车库的邻居，再甚至——当然也是《暴风眼》里的情节，与你朝夕相处的家人，比如那个马尚（张彬彬饰），就把自己的国安身份对父母隐瞒了十多年，直到父亲在他下班时追踪他，怀疑他走邪路干坏事，身份才被公开。

就是这些看上去貌不惊人的男人与女人，竟有可能是一名杀人无数的国际间谍，当然还可以是保家卫国的国安人员。我们不得不接受，这就是日常生活，你可能时刻置于间谍的眼皮底下，也当然会在国安人员的实时守卫之中。这，基本等同于你被小说家盯上。

当然，谍战剧里的刀光剑影，源于现实，继而虚拟，同样拜赐于小说家——小说家在那一刻将目光从别处移开，开始盯国安和间谍这个人群。那些极为烧脑的隐秘告诉我们，或许终生你也不曾了解你的枕畔人，你的闺蜜，你的发小，甚至你的父母，终生你也不知自己曾以怎样的面目被小说家写进了怎样的故事。但终究，这一切，启动了一个个夹杂着欢欣或无奈的开始。

毛姆为了写《月亮与六便士》，"盯"了高更近二十年。高更的画传回欧洲的时候，毛姆的戏剧正在欧美大陆一片大红大紫。他虽没见过高更，但经常跟他的画家好友杰拉德·凯利一起看画展，从此他盯上了印象派、遥远的南太平洋、塔希提、土著少女，直到那个已经埋入马克萨斯群岛的怪才被世人热炒。这个素材在他心里"养"了近二十年，其实，主人公思特里克兰德身上杂糅了多人的影子，包括毛姆自己。怪异却多才的思特里克兰德怎能没有毛姆自己的影子！更不用说那个形影不离亲自陪他到塔希提的英俊男友杰拉德·哈克斯顿。即使书中的那个三流画家施特略夫也是偷偷取材于英国小说家休·沃尔波尔。高更离世十上年，他终于踏上前往塔希提的邮轮，高更就以这种方式成全了一个小说家近 20 年的"追逐"。

有个女记者问科学家霍金："这一生有什么事情真正打动过你？"霍金回答："遥远的相似性。"它让我们既感叹人生而孤独，又有一种生命被救治了的感动。"相似性"遥远起来，又演化为文学中的陌生感。是的，遥远的相似性与文学的陌生感使小说家的创作充满灵魅。

陌生感是个好东西，文学喜欢陌生感，不仅代表着新奇、创新以及无数可能性，而且还让人得以窥视经验事件的原初基础及其神秘所在。人的阅读体验中一直固守着一个词就是陌生感。试想，谁会读千篇一律的文章呢！《圣经》上说，一代过去，一代又来，大地仍存在，太阳底下，绝无新鲜事……这只是对于常人而言，小说家们眼中总是新奇事不绝，他们的写作过程就是不遗余力地追寻遥远的相似性以及新鲜的陌生感的过程。所以，他们要一次又一次地盯住陌生的或熟悉的人。而作为我们，或许毫无防备地就被小说家盯上了。那么，成全他吧，成全小说家，就成全了这个不甚完美但又不乏温暖的世界。

毛姆的文学
：滑铁卢：

英国作家毛姆在成为作家的道路上，曾遭遇一次重大挫折。而正是这次意外，医学界少了一名航海医生，世界文学史上却多出一位著名作家。

毛姆出生于英国驻法国大使馆。幼年失去父母后回到英国跟随做牧师的叔叔生活。或许是遗传了的作为儿童文学作家的外祖母的文学基因，毛姆在伦敦圣托马斯医院读书时就立志于文学写作，并在即将毕业时出版了他的第一部长篇小说《兰贝斯的丽莎》。这件事在医院里引起轰动，在院刊发布的一则消息中，称赞这部作品"以一种有说服力的甚至是揭露的方式描写兰贝斯地区的一个侧面，其独树一帜的情节与风格将为广大爱好现实主义作品的人们所热烈欢迎"。

修完所有学科取得医生资格后，毛姆的另一部描写 15 世纪意大利士兵终成圣者的长篇小说《成圣》也出版了，除此还有短篇小说集出版。对文学的憧憬让年轻的他踌躇满志："我豁出这一辈子了。"他决定在并无经济保证的情况下坚持写小说。

然而，在19世纪末作为一个写小说的作家，必须直面被现实湮没的危险。当他告诉最初的出版商昂温自己要专业写作时，昂温担心地说："写作固然是好事，但却是一根不中用的讨米棍。"那时，毛姆虽有年息150镑的一笔存款，也只能供他维持最基本的生活。他身边的小说家挂笔改行谋生的情况屡见不鲜，有的去农村做信件监检员，有的在律师事务所当书记员，有的则是枢密院的图书管理员，而在《妇女》杂志当编辑的H.G.威尔斯则同时又是牧师和撰稿人……毛姆全然不顾，离开医学院后，埋头写作。他也从不写书刊评论之类的文章来增加收入，甚至连干零活赚点小钱也不屑为之。哈瓦那的一家雪茄公司想请他写几个短故事，报酬不菲，他故意漫天要价，最后不了了之。

毛姆获得的稿酬少得可怜，这也是当时整个英国出版界的普遍现象。有人做了统计，1892年英国文坛上大约有50名小说家，他们每人平均一年勉强能赚到1000多英镑，而毛姆远不在其列。毛姆想以文学创作为职业，只能说明他尚不了解文学这碗饭有多难吃，事实证明，他从那时起到写作成功，尚须磨炼十年。

《克拉多克夫人》写于1900年，出版于1902年11月，美国版直到1920年才上市。这本小说受到广泛关注，即便依照毛姆悲观主义的标准，也可谓大获成功。不过，他的沮丧感并未因此散去，他真正的抱负是成为一名剧作家，既然《克拉多克夫人》引起了公众的兴趣，毛姆则开始盼望"通过小说成名，从而步入戏剧界"。然而他的剧本却屡遭拒绝。

1900年，毛姆26岁，衣冠楚楚，气色极佳，且小有名气。他和朋友住在单身宿舍里，收到的微薄稿费全部用在了旅行上。带着小说《克拉多克夫人》的稿费，他和可信赖的好朋友佩恩先是去了托斯卡纳，然后再去瑞士滑雪，第二年1月又去埃及住了两个月。经由巴黎，1906年春回到伦敦时他已囊中空空，但他闯进文学圈的决心从未像此刻这样坚定过。在国外旅行时毛姆写了一些游记，还有两个短篇小说，1906年年底时长篇小说《魔法师》脱稿，但拿到书稿的出版商被书中内容吓了一跳，没人敢出版。1907年夏末，毛姆筋疲力尽，不屈不挠的努力却没换来任何回报。《魔法师》还没找到出版商；在伦敦剧院经理人们手中传阅的剧本，没有一个找到买主。还好，这时一丝光亮照射到他，他把喜剧《弗雷德里克夫人》的女主人公设计成一个非常有趣的人物，被一个在巴黎寻找素材的美国制作人乔治·泰勒看中，提出用1000英镑买下来，那时，毛姆留给泰勒的印象很好，"是个有前途的年轻人"。

当泰勒带着剧本回到伦敦，拿给女演员们，却没一个人愿意碰这个角色：这个与作品同名的女主人已不再年轻，并且在一个关键场次，她必须素颜出场，大灯照在脸上，不许化妆，也不能戴时髦女人常戴的假发……没有一个大明星会欣然接受这个角色，都担心毁掉自己留给公众的美好形象。就这样，这个剧本在伦敦十八个剧院经理手中推来推去。僵持之下，毛姆手中的钱几乎花光，小说不足以维持生计，写新闻稿也没赚到什么钱，他不得不寻找写书评的机会，有一次还说服编辑让他来写一出戏的短评，但他发现自己显然不具备那方面的天赋。

伦敦舞台的这次挫败，使他心灰意冷，不得不做出一个"弃文返医"的决定：他打算回托马斯医院学一门新科目，去做一名航海医生，以实现自己一边云游天下或许还能一边写作的愿望。不过，在实施新决定之前，他不顾囊中羞涩，买舟南下，又去了意大利西西里。

或许毛姆一直勤奋写作的努力感动了苍天，在人生的十字路口，上帝的一双大手勇敢地把他拉回文学之轨：正当他流连于西西里的那些古老庙宇时，收到英国皇家剧院导演奥索·斯特劳的电报。原来，这位导演正处于业务萧条时段，很想先找个剧本上演五六个星期，以维持局面，也是他无奈的权宜之计。毛姆的一位朋友极力向奥索兜售《弗雷德里克夫人》，巧合的是，当时伦敦一位红极一时的女演员正处于空档期，心血来潮般想演女主角……毛姆立即告别西西里。此时他身上的钱只够坐火车去巴勒莫，再乘晚上的船去那不勒斯。星期一上午，他在那不勒斯上了岸。

可是航运局官员看他衣着寒酸竟不卖给他船票，他一气之下到了另一家公司，并摆出一副坐头等舱的架势，他还真的得到一张头等舱船票，但这时他手里只剩半个克朗。他急中生智去赌钱，谁知这竟让他成为自己的小说《生活的事实》中的尼基，一个回合下来赢得盆满钵满，再也不愁到马赛和伦敦的船票钱。他在日记中写到："到了伦敦后，我还有一先令可以叫出租车。周四上午 11 点我信步走进皇家宫廷剧院。我感觉自己就像环游地球八十天后回来的斐利亚·福格，在 8 点钟声敲响的那一刻走进改良俱乐部。"

这是 1907 年 9 月的某一个周四上午，毛姆步入伦敦皇家剧院看彩排，难掩的激动。历经周折，《弗雷德里克夫人》终于被这个一流的剧院搬上舞台，而且由伦敦的一位女明星领衔演出。

首演大获成功，《弗雷德里克夫人》让毛姆一夜成名。他被媒体冠以"英格兰剧作家"的称号。《弗雷德里克夫人》在伦敦上演了一年多，他不仅没有"返医"，在此后的二十六年间，他又有二十九部剧作上演。最辉煌的时候，伦敦在一天内同时上演他的四部剧本，创下了在世剧作家同时上演剧目最多的记录，并过了整整一代人的时间才被打破。一位漫画家曾为《笨拙》杂志画了一幅漫画：莎士比亚站在毛姆剧作的广告板前咬着自己的手指头……

多年后，毛姆在《总结》中写到："我的成功是惊人的，也是意外的。我得到的解脱大于兴奋。"有一天傍晚，他沿着潘顿街散步，经过喜剧院时碰巧一抬头，看到落日照亮了云彩。他停下来看着这可爱的景色，心里想：感谢上帝，我现在可以看着日落，而不必去想怎样描绘它。

毛姆本来打算那之后再也不写小说，而把余生都献给戏剧。不过事实并非如此，在日后的文学道路上，奠定他文学地位的，仍是《月亮与六便士》《人性的枷锁》《刀锋》等十几部长篇小说，以及一百多篇短篇小说，以至在20世纪20年代他索性放弃了戏剧写作，更加专注于小说、随笔了。

麦家写过一篇短文——《荆歌，快放下毛笔》，"话说 2008 年，我到苏州，晚上，荆歌设宴，带一帮人来同我吃酒。怪了，这些人一半是书画家，席间谈的也多是书画方面的事，跟文学不远，也不近。我纳闷这是为哪般，荆歌说了实话：他现在恋上书画，每天手握毛笔，在宣纸上作画，业余才写小说。我听了，心底顿时涌起一股惊慌失措的快乐。"

"我乐什么？一个竞争对手没了！"

光阴荏苒，麦家形容荆歌用毛笔圈了"大片锦绣江山"，而他自己的钢笔"像一盘冬季的蛇"，半死不活地躺在稿纸上。所以他自感"去了荆歌这个对手，没人抽鞭子，没人牵鼻绳，慵懒已把我变成了一个废物"，他想要荆歌尽快"放下毛笔，重提钢笔"，幻想某天荆歌对他大喊一声：我回来了！

荆歌回来了吗？我悄悄查阅，五年过去，荆歌的中短篇佳作频频亮相国家重点期刊，荆歌的"文魂"似被麦家"召"了回来。难道，荆歌真的放下了毛笔？

十多年前，我也认识两位青年女作家——注意，那时，她们是"作家"。一个写散文随笔和文学评论，出版了几本像模像样的集子。另一位写诗、散文和小说，在我认识她的时候，恰恰已出版诗集、散文集和长篇小说各一部。把她们称为作家，应无疑义。

但之后不久，突然有一天，她们宣布去画画了。二人相约，旗帜高扬，请了长假，踌躇满志地奔向国内著名美院、高端画坛，日课夜画，作业鏖战，或跋涉写生，不亦乐乎。分分钟，她们就要成为画坛一霸。

这也是近年我生活中的常态：经常眼睁睁地目送大大小小的作家转移战场，投身于他们津津乐道的"艺术战争"。似乎得到一个提示，作家书画热，就像一堆熊熊燃烧的大火，从升温、炽热直至火光冲天。从此，"跟文学不远，也不近"的画坛，被我以一种颇为复杂的心情打量着。

作家多才多艺，能写擅画，这并不稀奇。身边不少在写作之余写书法和画画的作家，涉足摄影、美食的也不少。但有一点，写作才是他们的"皇后"，而书画则是作为"后宫佳丽"愉情悦目的。"皇后"只有一个，"佳丽"却允许有三千。所不同的是，我这两位女友作家实为更张改弦，就像旧时的扳道工，"咔嚓"切换了道岔，从写作猛然切换到画画——"小宫女"一跃晋身为"皇后"。

我曾与一个自幼研习书画的女友探讨作家的书画化。她是那种深得书画精要，安于垂丝千尺、独善其身的一类，认为作家的书画化渗透了太多的艺术、社会、性灵等要素。这类情况有三种：一是写作看不到想要的未来，电脑桌前难以继续坐下去，书画桌就成为"短平快"的"热土"——之于写作，书画对于成就一个文人来说太"简单"了！"付出少，收益快且大，名声响，不像写作那样煎熬，很难看到出头之日"。据她说，书画界有个比喻：练习书画二十年，等于自身携带 ATM 机；二是文、画相映，相得益彰，冲天的文名可火速催生书画的身价；三是老作家们写到一定程度时，书画成为修身养性的需要。

这是否就是中国文坛与书画国介眼下的时与势？那些远远近近的"艺术战争"，暗隐着写作与书画在现代社会中明明暗暗的各类勾连。书画与写作，原本"一衣带水"，谁知被 21 世纪中国的某些文人轻挥魔棒，变得越来越一衣带"金"了。瞬间，看似手无缚鸡之力的文人们纷纷跨界吸金，成就了一场场写与画的跨界嘉年华。

从艺术创作本身出发，作家希望提升自己的生命含金量，服从艺术生命的需要而涉猎书画，"漱六艺之芳润，浮天渊以安流"（陆机《文赋》），追求文武兼备、知能兼求，毕竟可以助推其写作。甚至写作到一定阶段也会考虑拿起画笔——这方面最为典型的，应属老作家张洁。

我也注意到，古稀之后的张洁基本不再写作了。她自嘲"没什么爱好，也很'无趣'，不会打麻将，不会卡拉 OK，不喜欢参加饭局，只喜欢画画。"有一个前提很重要：画画发生在她的晚年，是写作到一定阶段的产物，晚年之前她一直醉心于写作，"死并不可怕，可怕的是没有了内容的活"。当晚年的写作不足以支撑她的"活"，这才选择画画。对于张洁的"转身"，是否可以理解为她对这个世界已经"无话可说"，只能诉诸线条和釉彩？

一个人能否同时擅长绘画和写作？曾有一则消息，武汉八位作家在美术馆举办"文心墨韵"书画展，其间打出一个口号，"让我们牵着专业书画家的衣角，跟着他们玩吧"，并称："杂七杂八地学，为的是有滋有味地活。"后面这句话，"把观众都逗笑了"。

观众是"笑了"，我却难以发笑。八位作家呢？对于真正的作家，我认为这句话是值得推敲的——是否他们已经不需要专注写作？用麦家的话，书画跟文学"不远，也不近"。无论哪一门艺术，欲"染指"其间，显然需要太多淬火般的身心投入。世间能够一心二用且均匀赋能的人，少之又少。事实证明，凡执着者，都对他们的执着抱有敬畏，并把这种敬畏当作一座大山，毕生都在攀登，沿途风景再诱人也不为所动。

跨界，还是坚守？说到底，关乎一个作家的天赋再分配，以及个人对于生命目标的执着程度。一个作家，如果不写小说、诗歌、散文、评论，那他与文字的联系何在？据说卡夫卡的画才很是了得，但对于写作与画画，他很直接："我感觉到，倘若我不写作，我就会如何被一只坚定的手推出生活之外。"在他眼里，作家与文字比之鱼与水，作家本质上必须与文字，而不是与线条产生联系，除非他不再写作。如果他执拗于文字，他对其他艺术门类的欣赏和涵育，必指向同一个方向——写作。

陈丹青虽有争议，我却敬佩他的"艺术观"：艺术家是天生的，学者也天生。他继而解释："天生"的意思，不是指所谓"天才"，而是指他实在非要做这件事情不可，"什么也拦不住，于是一路做下来，成为他想要成为的那种人"。

我不画就会死！这是《月亮与六便士》里的思特里克兰德。

我非雕塑不可！这是罗丹。

我非写小说不可！这是严歌苓。

我非唱不可！这是李玉刚。

其实，陈丹青的"天生"让我想起的第一人就是严歌苓。面对不少作家的"华丽转身"，严歌苓对文学的坚守显得过于"愚拙"，任别人在那里悲桐叹柳，仍像作战一样捍卫自己的写作环境。专注至此，亦"刻板"至此，该招来多少"怜悯"的眼神！想想看，凭严歌苓的体量，她若肯写一幅字或随意涂抹两笔，该如何搅动世界的书画界？

雨果在他的写作如日中天的时候，开始膨胀——政治野心攫住了他，从此十年间暂别文学。

过了而立之年的雨果，常常因自己在公众视野中不能发挥什么作用而凄然不安。他的诗歌大多讴歌森林、太阳和美丽的情人朱丽叶。但是，对于一个希望成为"精神领袖"的人来说，这当然不足以充实他满怀抱负的一生，雨果极想跻身于那些治国安邦的伟人之列。他的榜样是那些法国贵族院议员、大使、外交部长，这才是他今后希望走的"光明大道"。只是在路易－菲利浦时代，一个作家想获得法国贵族议员的尊贵头衔，必须首先是法兰西学士院院士。而作为法国封建文化的最高领导机构，统治者只希望把文学艺术置于专制王权的直接控制之下，而这，在雨果的戏剧《欧那尼》上演期间，他还组织作家们痛加指责。

然而，自从 1834 年起，雨果雄心勃勃，为自己定下的第一个目标就是进入法兰西学士院。他以顽强的意志发起了冲锋，先后发动五次"战役"，前四次均以失败告终。第五次，有了大仲马助威，以及一个偶然因素——一个院士离世空出一个名额，雨果以十七票对十五票的优势胜选。

"棕色的头发精心梳理过，光溜溜的，衬出金字塔形的前额，一绺绺发卷垂落在绣着绿花的衣领上，微凹的小黑眼睛，闪现着抑制的喜悦"——人们看到的院士雨果，真有一种"帝王气派"。这时，雨果的政治雄心路人皆知，当时的《时尚报》以讽刺口吻，给出一个亲王夫人幻想自己成为法兰西女王时的"内阁名单"，第一个竟是"作战部长兼议会主席——维克多·雨果"，后面才依次是外交部长、财政部长、海军部长……随之，雨果乘胜前进，密切了与亲王夫妇的关系，一举拿下作家协会主席职务。

1838 年左右，雨果频繁出现在德国莱茵河畔，这时他极为火热地靠近德国公主奥尔良公爵夫人，并想在法德双边关系中发挥一个作家的作用，从而进入公共事务领域。他在《莱茵河游记》末尾加上了一个严肃的政治性结论："普鲁士人把莱茵河左岸还给法国，作为交换，普鲁士人将得到汉诺威、汉堡这两个自由城市……"这些言论，让他成为世人眼中一个十足的"国务活动家"。

这期间，与雨果的政治野心一起膨胀的，还有他对女人的征服欲。应该说，青年雨果还是一个纯洁、阳光的大男孩，对妻子阿黛尔忠诚挚爱。但随着他文名日盛，先是出现了第一个情人朱丽叶，这是他戏剧中的一个女配角；第二个则是美艳绝伦的画家之妻莱奥妮·多奈。那时雨果的日常生活是这样的：白天带朱丽叶在法兰西学士院参加活动，晚上与妻子和孩子们一起进餐，餐后的整个夜晚则属于多奈。由于终日沉溺各种聚会晚宴、酒林肉池，惶惶不安中便"求助于堕落"——雨果女人怀着强烈的兴趣：青楼新手、情场冒险女郎、使女、妓女，来者不拒。更甚者，他还从亲生儿子夏尔手中夺走 21 岁的巴黎最美女孩爱丽丝·奥齐……好玩的是，雨果最重要的三个女人：妻子和两个情人之间彼此互相勾连，忽而互相结盟、支撑，眨眼又反目成仇，堪称"奇观"。

雨果在近天命之年，是他追逐政治最为狂热之时，也是他离开文学最为彻底的时期。当初疯狂追求法兰西学士院学士位置时，还能在冰冷的小屋里写作，随着不同程度地介入政治，到 1845 年，巴黎人已经以为他"不再写东西了"。那段时间他果真放弃了写作，一意奔仕途去了——自从穿上绿袍，更想穿上法兰西贵族院议员的"黄袍"。为了这一目标，通过奥尔良公爵夫人求助她的公公，贵族院终于接纳了"雨果子爵"。

随着"黄袍"加身，人们纷纷议论他"可能哪一天会成为部长"，并传说他极可能成为驻西班牙大使。他幻想更高官衔，跟国王打得火热。政权频繁更迭时，雨果不惜动用心计，让他的情人曲意讨好国王。这时的雨果官气十足，踌躇满志，写作？宛如昙花。

官场是好玩的吗？特别对雨果这样一个诗人。在你方唱罢我登场的混乱交战中，雨果左冲右突，经常自相矛盾，1850 年法国大暴乱之时，雨果终被流亡。

流亡第一站便是布鲁塞尔。离开巴黎王宫广场的豪宅，住在龙街的破楼阁中，雨果开始想念写作了。他让朱丽叶带着他的手稿前去汇合，而多奈正给雨果抄写此前的《悲惨世界》手稿（那时叫《冉阿让》），一边催促他写作，一边热切地谈论她对书中人物的感受。巧合的是，大仲马此时因躲债也来到布鲁塞尔，时常与他谈论文学，这更勾起雨果对写作的怀念。

不久，他被驱逐，来到第二流亡地——泽西岛，住在推窗就能看到大海的"望海阁"。到泽西岛，阿黛尔和一双儿女陪伴着雨果，雨果则悄悄把朱丽叶安排在"望海阁"旁边不远处居住。这时，他终于回归了写作，重新拣起久置不理的《悲惨世界》。他在那里装神弄鬼，可见那段时间他的思想是迷乱的。就此看来，流亡，与其说是对雨果的打击，不如说是对他写作的拯救。之后他被再度驱逐，来到盖纳西岛。在他自己设计建造的"上城别墅"里，他完全恢复了写作，"写作的时刻就是幸福的时刻"。他终于明白评论家拉马丁的话：名望是世界上最脆弱的东西。

流亡把雨果从社会上挤走，却使他达成最终的文学回归。作为后世的我们，该如何庆祝这伟大的回归呢——《悲惨世界》《海上劳工》《九三年》《笑面人》，以及无数伟大诗作，都产生于他的两岛流亡生活。

前几天看到一个晚报标题——"破案是刑警最大的幸福"。这让我想起前几年做一个小手术时遇到丈夫的一位医生朋友，竟也说当医生是"最大的幸福"。那位医生1.85米，虎背熊腰，外形粗犷，主控大手术，割几分之几的胃和肝以及某某脏器是他的日常工作。看着那大块头，努力想象着手术刀在他手里的模样，我终于问他："你为什么喜欢当医生？"

他的回答让我意外，"为什么有人喜欢当刑警？因为破案自有乐趣。当医生也类似，一个病案，一帮医生一起破解，只有你找到了根源并用自己的手术刀将病源切除，这就是成就感，与破案的幸福异曲同工。"

哦，医生＝破案！这在我听来委实新鲜。细想之下才释然，人制造的案子与人体制造的病案，同样需要破解，医生是这个意义上的"刑警"。

一直以来，我最忌惮两个职业：会计和医生。数字和来苏水是我永远的禁地。无疑，这该等同于有的人面对文字。面对这个大千世界，只要一个人所做的事能使身心痴迷，能带来幸福感，比如哪怕面对着一大波美食家，我也绝不以"君子远庖厨"视之。若如此，是否应该祝福那些"转移阵地"的"原作家"？

　　至此，我更欣赏另一种"离开"——麦家离开八年，拿出《人生海海》。这里的离开实为另一种靠近。他在杭州西溪湿地的理想谷里种花阅读，沉寂反思，整整三年没写一个字。但对于文学，显然，这样的离开，是为了更好地归来。

第二辑 "任务文学"考

　　电视剧《欢乐颂3》第一集，"新五美"（五位美女）依次出场。与前两部不同，人物皆亮相于各自的职场，比如第二个登场的那个传媒公司职员何悯鸿。她是一个名不见经传"小文案"，不愿意"一边梦想着远方的田野，一边奔波眼前的苟且"，对主编大谈写作理念："主编，我觉得我们不能为了娱乐而娱乐，而应该告诉大家娱乐背后是一种文化现象，是有很深的哲学意义的……我们可以通过我们的文章，来调动大家的审美，唤起大家的改变意识，这可是一件很有社会价值的事情，也是我一直很想做的。"

　　成熟持重的女主编慢悠悠地说："你的思想很深邃啊，可为什么我们公众号上你的文章阅读量永远都是倒数第一呢？小何，我们发布文章是需要阅读量才有收入的，观众喜欢看什么你就写什么，这里不需要你引导谁、教育谁，更不需要……"，不识趣的小何居然打断主编："那怎么行？这些东西都是需要传递一些思想和理念的嘛。"

主编立即怼回去："传递给谁？谁的思想？谁的理念？你的？"这时主编霍地站起来，与小何脸对脸，一字一顿："何悯鸿，如果你想得到大众的认可，那么前提应该是你已经功成名就了，那样的话你可以想写什么就写什么，你写什么都有人看，可现在呢，你看看你写的那是些什么东西？我们只要阅读量！阅读量！阅读量！你知道吗？"

"一根筋"的何悯鸿竟如此"不谙世事"，主编也没能敲醒她，回到工位的她继续跟同事死磕。但这场舌战却告诉我们，命题写作与自由写作之间，经历着怎样的跋涉。

有那么几年，文友之间谈起近况，我总是那几句："手里有几个任务""刚接了个任务"，或"有个任务稿"……几次之后，文友奇怪："你怎么那么多任务？"

我一惊：也是啊，何时开始"任务"加身的？

细思，那些"任务"，无非是有关部门围绕当下形势的约稿：某重大工程项目、新型冠状病毒肺炎疫情、脱贫攻坚、某某周年……你肯定看出端倪了：这些任务很"热"！并且稍纵即冷，冷的是成不了"任务"的。于是我就这样陷入了"任务文学"的魔圈。

"任务文学"是我的自造词，原因就是我近年的写作有相当一部分来自这些"任务"。有的文友很直接：这些"任务"就是约稿嘛。是啊，这么奇怪，的确就是约稿，提前约定了发表和出版阵地、稿酬等，可是我怎么觉得就像承担了一项任务呢？文友接着说："任务文学既然是某种约稿，你可以拒绝嘛！"这就进入了我这几年一直以来徘徊不已的两难境地："任务"，是某阵地的约稿，前提是可以发表、出版；"非任务"，也即所谓随性的、从内心出发的写作，需要自己费尽气力去寻找地方发表、出版。某个时刻回忆这几年的写作，原来，我把后者统统称之为"约稿";而前者则被我冠以"任务"。显然,任务写作,必须满足一定的时代要求和目标,而这往往是心照不宣的某种"调门",显然这样的"任务"不能再随性,要完成"任务",直抵目标。

我是在什么情况下接受任务写作的呢?想了想,应该与毛姆写作有关。全凭个人兴趣研究毛姆作品二十多年,断续地写了一些心得式文章,开始时完全下意识,并无发表和出版的欲望。但时间稍长,文字越积越多,而我越"研究"越兴奋,特别是当我被《月亮与六便士》中那段话蛊惑:"如果我置身于一个孤岛上,确切地知道除了我的眼睛之外再没有别人能看到我写出来的东西,我很怀疑我还能不能写作下去。"之后,我的"毛姆式写作"的发表和出版欲望从蠢蠢欲动到排山倒海。

然而,在世界文学范围内,毛姆比较小众;在我身边方圆可见的圈子中,我本人更加小众。两个小众相加,成为"热搜"的概率几乎等同于彗星撞上地球的概率,连"冷搜"都不可能。就在我与自己相看两厌时,"任务"来了,足够眩目、足够魅惑,尽管它时常与"毛姆式写作"形成拉锯态势,但必须承认,"任务"在很大程度上暂时"成就"了我。往往,刚刚完成一项任务,甚至几项任务,暗暗指挥自己:立即回到"毛姆式写作",再也不接受"任务"!可是,刚刚开了头,或者进入几分之几,另一个"任务"接踵而至……

我发现,"毛姆式写作"就像一块圣地,在我通往这个圣地的过程中,上帝总在用各种诱惑考验我对内心的遵从和虔诚——是的,这些"任务"是深具诱惑的,有时甚至强烈到让我无力拒绝。可是这样完成着"任务",连自己都生出鬻矛窃价之虞:身在"任务",心在"毛姆",这符合你的写作信条吗?

如果"任务"是"六便士",那么"毛姆式写作"就是"月亮"。

这时，我发明了另一个词——写作定力。无疑，我是缺乏定力的，由于追求作品的发表与出版，再深入一点：难以抵御虚荣的光环。当然，开始时以为"任务"就是文学了，其实，只有经历了，才了解"任务"本身那打了折扣的文学性。之于写作，"月亮"是你自己想写，而"任务"是带着"六便士"的，是对方想让你写——无论你是否喜欢。

显然，任务文学充满集体感，一定是"国家行动"，一定关乎"民族大义"，一定要"高大上"。任务下达的同时，就定了"调门"，你非常明白应该写什么不应该写什么，并且必须面对"写作的自由"。任务文学的逻辑重音放在"任务"上，接受了任务，就等于接受了在某种程度的调性，否则就是"鸡蛋"与"高墙"分别代表强者与弱者或自己的，村上春树可以说"永远站在蛋的一边"，我能做到吗？

原来作家是有标签的，谁在用灵魂换稻米？谁在用头脑造垃圾？我竟陷入了"御用"的苦恼——由于遗传了家族偏头痛的顽疾，这些年在遍访名医的过程中，我接触到一个词：情志不畅。一段时间内，我在"月亮与六便士"的交替拉锯中把自己搞得豕突狼奔，如何能畅呢？

有人问女作家张悦然：如果一本书不能给人带来积极的东西，不能抚慰人的心，为什么要读它呢？张悦然答："这样的问题使文学被冒犯了。如果只想在艺术里去拿些甜的、舒服的，可以微风拂面的东西，其实是对艺术的一种损害。文学的美妙和吸引力就在于，它在给我们空间，去展示那些不正确的、不美丽的，不能与人分享的东西，那样一些还没有来得及被灯光照亮过的角落，这正是文学的魅力。"这与王小波在《沉默的大多数》中的话如出一辙："在我看来，所谓真善美就是一种甜腻腻的正面描写。在一个成熟的现代国度里，一流的艺术作品没有不包括一点批判成分的。因此，从批判转入正面歌颂往往意味着变得浅薄。"我仿佛被王小波敲一记闷棍。我无意间加入了这样的行列：给作品披上一层主旋律的外衣，故作崇高状，就这样保证"政治正确"，再读王小波《有些崇高比堕落还要坏》，简直无地自容了。

女作家张洁的作品"都是批判性的"，不知她是否曾受到一些压力，因为她的作品没有表达真善美，不够崇高；我喜欢的女作家乔叶也说："清晰、澄澈、简单、透明的故事，不是好故事。好故事常常是暧昧、繁杂、丰茂、多义的，是一个混沌的世界。"我特别喜欢一种说法：如果散文是阳光照耀着的树，那么小说可能就是树背后拖出的长长的阴影……此时，我真不知如何定义报告文学了。这时我想起资深编辑向继东老师的叮嘱：作家不一定特别像作家，最好先成为思想家。

余华在《没有一种生活是可惜的》和《我只知道人是什么》这两本书中，多次谈到年轻时每天八小时被"捆"在口腔室的懊恼和愤怒，以及对自由的热烈向往。当他看到县文化馆可以免于这种八小时"酷刑"，为了得到这种自由，以及躲避每天无数人对自己张开的各式各样的口腔，他开始了写作。可是，这理由崇高吗？莫言称余华有一副"文学口腔"，"在他营造的"文学口腔"里，剩下的只有血肉模糊的牙床，向人们昭示着牙齿们曾经存在过的幻影。"余华为何没展现经他"妙手"之后那一颗颗李白如玉的牙齿？

《肖洛霍夫传》的作者奥西波夫称肖洛霍夫是一个追求"绝对的内心自由"的人。在奥西波夫笔下，肖洛霍夫深谙"对于一个作家，如果他是执政党的成员，那么写作是极其麻烦的，因为党的毋庸置疑的纪律就是许许多多创作意象的障碍"。关于写作，肖洛霍夫说，"写作的自由——这是内在良心的自由，作家自己应当解决写什么。只是这一自由越来越奢侈。"

我对林语堂的认识，除了他的毛姆情结，还始于《京华烟云》中的一个人物——孔立夫。这个一身正气、阳光正义、硬朗内敛的大男孩，身板总是挺得笔直，面孔总是沉静凝思，连对姚木兰的好感和爱情都不着意外露。得知木兰为莫愁代嫁，心痛不已，拼命压抑。谁都明白，他在等木兰，他把这等候演绎得无望而决绝。终于得知木兰决定离婚，那一幕，姚家花园的送别，孔立夫站在众人间，送姚木兰回曾家办离婚手续。木兰转身之际，他拉起她的手，深情注视着，"生死契阔，与子成说""执子之手，与子携老"。这样的对答，心神相属，是上帝的开眼……然而，日子一天天过去了。姚木兰离婚不成，持重淡然的孔立夫竟坐卧不安。他频频望向曾家的方向，忧伤与惆怅折磨着这个望眼欲穿的瘦削身影。终于，不胜焦灼之时，他来到酒馆，喝得大醉，摇摇晃晃地走在大街上……

我们可以千万次想象曾荪亚甚至姚思安的喝醉，却从未设计过孔立夫的醉。醉酒，怎能属于这样一个儒雅、冷静、正义、自律的角色呢？普天下众人皆醉，都轮不到孔立夫醉。然而，当他在大街上摇晃着，我不禁狂喜：伟大的林语堂！他偏偏让"高、大、上"的孔立夫喝醉了。他醉得多么可爱，多么人性，多么美好！

这样的孔立夫写出《名妓说》就不意外了——姚木兰读报时读到孔立夫化名"泰山人"写的文章："妓女卖笑，无非求得夜度之资；文人卖身，求的却是荣华富贵。妓女不分老少，人尽可夫；'文妓'不分南北，有奶便是娘"。这篇文章让姚木兰笑出声，并一眼便知出自孔立夫之手。

《文妓说》告诉我们，"文妓"是不分时空和朝代的。莫言曾被问文学能否脱离政治，他坦率告之："作家的写作不是为了哪一个党派服务的，也不是为了哪一个团体服务的，他写的小说是大于政治的。"

这个"大于政治"的部分正是人性啊。确切说，莫言的作品更关注人性，他被公认为是执着于现实人生又具有反思批判性的作家。正如山本耀司提到的"自己"："'自己'这个东西是看不见的，撞上一些别的什么，反弹回来，才会了解'自己'。"电光石火般，我从"任务文学"中"看见"了自己。信心并非全无，比如前不久看过的一部电视剧《下一站是幸福》。在结尾，男女主角彼此的表白就不那么"正能量"：男主拥抱着女主，女主一脸憧憬地说要在男主设计的大房子里养一群猫和狗，男主则宠腻地说："你养宠物，我养你！"

经历了这几年的写作，对这样的桥段，恍若隔世，多么"胸无大志"，不是有点"丧"吗？后来想到艾略特那句话"世界不是砰地一声结束，而是嘘地一声悄悄耳语地淡去"，也便释然。

滴翠亭边辨
钗黛

　　整部《红楼梦》，就是一部黛玉、宝钗比较史，自从二人前后脚踏入贾府，博弈开始，众人对她们的评判计量，从未止息，拥钗拥黛者各执其理，互不相让。其实，整个过程看似是两位当事人"斗法"，事实上却只有宝钗一个主角唱独角戏，在无孔不入的谋篇布局中，黛玉则一直显得被动懵懂。至于宝钗之品，全书举出不少细节，皆围绕所有讨好贾母王夫人以及保障她能成为宝二奶奶的每一个人，但细品之下，印证宝钗人品的衬托例证并不需要这么多，只须一个滴翠亭。

　　滴翠亭事件发生在第二十七回，众姐妹相约祭花神，宝钗在众人中不见黛玉，遂往潇洒馆去，这里有没有"窥探"的成分？或许有点"小人之心"了。还别说，意外情况偏就让宝钗碰上了：紫鹃正把宝玉迎进潇洒馆。宝钗此时进去"怕黛玉多心"，于是退了出来去追众姐妹。就在这时，曹公看似无心实则精心安排了一场叹为观止的滴翠亭事件。

　　这一事件由两个画面切入：宝钗扑蝶的动作也是历来文人墨客的雅

好，曹公把宝钗的人设展现为心机沉稳，为人周致，但这里的"扑蝶"让读者见识了宝钗作为天真少女的一面，足见作者功力。当她一路追到滴翠亭，另一个画面已酝酿许久。那是宝玉房里的两个小丫鬟小红和坠儿，为何二人约到滴翠亭呢？因为小红恋爱了，她与贾府远房亲戚贾芸，二人在把手帕子一丢一捡、眼风一勾一钉之间，就动了少男少女的凡心。而二人的恋情恰好被坠儿看见了，小红担心她走露风声，于是约坠儿到滴翠亭"密谈"，请坠儿务必保守秘密……近三百年前曹公架构故事的技巧就如此精妙娴熟了：他让这两个画面在滴翠亭精准对接。

"嗳呀！咱们只顾说话，看有人来悄悄在外头听见。不如把这槅子都推开了，便是有人见咱们在这里，他们只当我们说顽话呢。若走到跟前，咱们也看的见，就别说了。"

此时宝钗正好来到窗外，听到全部悄悄话，这个机智的少女立即就想出了一个"金蝉脱壳"的法子。而这时"犹未想完，只听'咯吱'一声，宝钗便故意放重了脚步，笑着叫道：'颦儿，我看你往那里藏！'"

一面说，一面故意往前赶。那亭内的红玉、坠儿刚一推窗，只听宝钗如此说着往前赶，两个人都唬怔了。宝钗反向他二人笑道："你们把林姑娘藏在那里了？"坠儿道："何曾见林姑娘了。"宝钗道："我才在河那边看着林姑娘在这里蹲着弄水儿的。我要悄悄的唬他一跳，还没有走到跟前，他倒看见我了，朝东一绕就不见了。别是藏在这里头了。"一面说，一面故意进去寻了一寻，抽身就走，口内说道："一定是又钻在山子洞里去了。遇见蛇，咬一口也罢了。"一面说一面走，心中又好笑：这件事算遮过去了，不知他二人是怎样。

多年来反复读红楼，两个情节令我欲罢不能，第一是傻大姐向黛玉透露宝玉娶亲天机，第二就是这个滴翠亭事件了，每每再读总是拍案称绝。曹公的设计何等精巧——试想，可以让宝钗说"宝玉，我看你往哪里藏""探春，我看你往哪里藏""凤姐，我看你往哪里藏"……吗？显然，除了"颦儿"，断不可安排第二个人。而宝钗也是料定那两个小丫头断无找黛玉对质的胆量。一个十四五岁的少女，能在毫无时间思考的情况下脱口而出"颦儿"，足见其机智敏锐，可是再想，就细思极恐了：设若不是平日里心心念念提防黛玉，何于此时的计上心头？

如此显露的心机事件，脂砚斋竟视而不见，竟称赞宝钗"闺中弱女机变，如此之便，如此之急""池边戏蝶，偶尔适兴；亭外急智脱壳。明写宝钗非拘拘然一女夫子"，看，这哪里还有"嫁祸、狡诈、卑劣"呢，简直女中豪杰嘛！

但同为清人的陈其泰则毫不留情了主，认为宝钗恶极，"何必叫黛玉？岂非有心倾陷？心中时时刻刻不放过黛玉，一开口便叫，既自取巧，又为黛玉暗中结怨，奸恶极矣。借此移祸，煞是可恶。盖宝钗一刻不放松黛玉，而又浑藏不露。此回窃听小红私语，嫁祸黛玉，便将宝钗全身底里一齐献现出。所谓稳重端庄者，皆不得言而知其伪矣。"

台湾学者蒋勋更是一针见血：薛宝钗"心机轻易不露，可潜意识却出卖了她"，"潜意识是想嫁祸于林黛玉"。

以上只是后人的评判，曹公在整个滴翠亭事件中，并未对宝钗人品评判一句，他采取开放式架构，让后世的我们见仁见智。

这个世界上，既生黛，何生钗？

偏偏，这个世界上，既有黛，必有钗。

多数情况下，钗黛同框，两败俱伤。凄惋与辉煌，皆成宿命。

还是陈其泰，他说："写黛玉难而易，写宝钗易而难，以黛玉聪明尽露，宝钗则机械浑含也。"《红楼梦》问世二百多年，读者一直"致力"

于厘清一个关系：没有彼此，钗黛二人能否得到各自期待的爱情？

其实，原著已经给出结论。无论有否薛宝钗，林黛玉得到的是贾宝玉百分之百的爱情。然而，能否得到宝玉的婚姻，则变数无穷，因为并非所有婚姻都来自爱情；至于会不会忧悒致死，那要看"情敌"的手段。若遇慈悲之人，业已横刀夺婚，或许会放对手一条生路呢。

同理，无论是否有林黛玉，薛宝钗百分之百不会得到贾宝玉的爱情。她从宝玉那里得到的，充其量只是少年懵懂的青春冲动。宝玉对宝钗有否爱情，取决于宝玉而非黛玉，更为关键的是，宝玉剔除宝钗，经历了一番去伪存真去粗取精的鉴别。黛玉的存在，无非让宝玉更加清晰地坚定自己爱的方向。即使没有黛玉，贾宝玉爱的人肯定也不会是宝钗——"金玉"从来就不曾同频共振。

看 87 版连续剧，每到"你跪下，我要审你"那个镜头，我必按下"快进"键，不忍卒睹。这就是脂砚斋所谓"钗黛合一"的那个情节，黛玉因在酒宴上念出"良辰美景奈何天"，宝钗不动声色地掐住黛玉的"软肋"，继而收服黛玉，黛玉这方还要感激涕零地念宝姐姐的好。人性最不堪的一幕，偏偏生发于一个如花似玉的面孔，令人心脏那一块极为不适——曹公故意"欺负"一个如此善良单纯的林妹妹，让宝钗得逞，是想告诉世人：世间原有这样的笑面杀人？

面对宝钗不动声色的咄咄逼人，黛玉手中除了"爱情"这张牌，身无长物。而那个年代恰恰没给爱情预留位置。即使在二百年后的今天，爱情也经常给其他物质层面的东西让路啊！

其实读者大都明白，宝钗从来没有真正爱过，宝玉不是她的菜！上天可以给一个女孩惊天的容貌，但不一定让她懂得爱情。如果说黛玉对宝玉是爱，宝钗对宝玉则是"需要"——家族、利益、情势的诸多需要，唯独不是爱情。宝钗的血液里就没植入"爱情"这个细胞，她从不会让自己真爱一个人，她要的只有利益，本性使然。这样一个无爱之人，即使貌若天仙也不会有人真爱她。宝玉为"肌骨莹润""脸若银盆"的"杨妃"情态心动，实属少男"怀春""钟情"，太正常的生理反应，仅仅止于身体迷恋，这种有性无爱的性心理与爱情无关，称为性冲动更为贴切。

假设宝钗活在今天，适宜她的职业一定是会计，她骨子里的刻板、算计、无趣、冷清，堪称完美，作为职业会计绝对完胜，但作为女人就可悲了。在这个情节上，作者颇为高明，他让宝钗得到了宝玉的人，可那是怎么一个"人"？面对那个痴痴地时刻把"林妹妹"挂在口中都不正眼瞧她的"丈夫"，算是得到吗？"金玉"婚后，"宝二奶奶"立即开始清除宝玉心上的"林妹妹"，可是宝玉何曾有一日对"宝二奶奶"温柔以待？有一虐心之处，宝玉婚后再也不喊"宝姐姐"，一律用"她"代之。只在赴科举考场之前，辞别家人时，对宝钗叫了一声"姐姐"，那是因为"我要走了"。真乃"点睛"之笔！辽宁女作家皮皮写过一部《渴望激情》，小乔死后，尹初石面对"完美"妻子王一，写了一封诀别信，信的开头竟是"尊敬的妻子"。

何等凄凉、哀绝！如果一个女人被所爱的男人"尊敬"，那她干脆拂袖而去，他若爱她，尊敬必是原生的，但必须还有由尊敬发育出来的男欢女爱，哪怕他骂她一声"小蹄子"。

黛钗之遇，让我们见识了"人生若只如初见"的寂寥与荒寒。黛玉要嫁的，是一个人，宝钗要嫁的，却是一群人；黛玉嫁给爱情，宝钗嫁给秩序……原来，三观不合，才是人和人之间最大的障碍和最遥远的距离。固然，千红一体，也抵不过一个宝钗的"当量"，无奈黛玉却是宝玉心中的"珠穆朗玛峰"。一个情深不寿，不免魂归离恨天；一个端重矜持，也落得"琴边衾里总无缘"。黛玉的悲剧不止是因为个人性格，而应归于"那个时代"。"群魔乱舞"的大观园里，爱情"善终"只能存在于想象中，正所谓"千红一窟（哭），万艳同杯（悲）"了。

宝、钗、黛三人之间，"二宝"是婚姻关系，即"金玉良缘"；"二玉"是爱情关系，即"木石前盟"。这两对关系在整部书中斗法辗转，形成深刻的社会意义和人性探幽。于是，曹雪芹通过一个滴翠亭事件告诉我们：林黛玉即使再小性刻薄，呈现给人的却是性格范畴，而薛宝钗不必及它，仅一句"颦儿，我看你往哪里藏"，已经将其人品双手供出。性格无害，人品却能杀人。一个性格，一个人品，二人已高下立见。

从人性角度，我是坚定的拥黛派；从文学出发，我接纳并欣赏每一个红楼人物。世界大抵如此：生瑜生亮，三国之殇；生黛生钗，千古一哀。

尼采做人力资源总监，福柯负责电子监控，伏尔泰与卢梭主管销售，创艺设计归第根欧尼，蒙田做了34年实习生……这会是一家怎样的公司？

其实这是一本很好看的漫画书《柏拉图上班记》（［法］朱勒、夏尔·潘佩著，周金译，江苏凤凰文艺出版社，2020年7月）。

作者虚拟了一家思考公司，聚拢了各个年代、不同思想体系的哲学家，把他们各自的思想理念应用于公司实践，来一番"哲学云"。于是你就大致能想象这家公司将会呈现怎样的职场生态了：柏拉图见到了自己的实习导师苏格拉底，但他一慌乱，给苏格拉底买的咖啡却买成了毒芹汁；尼采作为人力资源总监，辞退员工时严厉且凶狠，竟说自己最人道；柏拉图不小心将木萨卡（地中海沿岸国家的一道美食）泼到尼采身上，然后用花了四千年才和中国签成的合同原件擦拭尼采身上的污渍，却被愤怒的尼采辞退，无奈之下去卫城古堡应聘……

在思考公司里，你还可以看到"解构主义"的德里达负责维修复印机，卡尔·马克思做了工会主席，本雅明在文印室工作，莱布尼茨当了会计，而中华民族的伟大先贤孔子，公司考虑他能在东方市场拓展思考业务，于是把他发展成为客户经理……你可能会说，这不成了游乐场，多不严肃！可是你又必须承认，这个充斥着混乱与欢笑的"公司"挺好玩的，那么多沉重晦涩的哲学命题让你笑着就装入囊中，你赚大了。

先看看尼采是怎么当人力资源总监吧。他非常在意员工的"超人"意识，最大程度去激发员工的潜力，但他又不断提醒员工，企业不是福利机构，其目标就是盈利，而不是善对恶的胜利；再看福柯，作为一个洞察入微的理论家和历史学家，他是毛遂自荐进入思考公司的，公司的电子监控和安全工作没有人比他更适合。他早就明确提出：社会控制无时无处不在，所以也就不难想象福柯把他的科学手段推荐给出价最高者——思考公司。他毫不费力就说服了老板，把他对员工进行全面监控的系统搬了进来，并且说明这种监控系统本质上是一种哲学：这是在实施他所谓的古希腊式"透过现象看本质"的规划。

让伏尔泰与卢梭分别掌管一个销售部门，可以看出思考公司的老板可真够"损"的——人为制造竞争。当然，直到如今，我们经常看到现实中的公司设置着销售一部、二部、三部……显然，同样是销售，倘若仅设一个销售部门，没了竞争，动力何来？业绩何谈？现在让伏尔泰与卢梭各自代表自己的销售部门来个业绩大 PK，老板正偷偷乐呢。

来看看第欧根尼为思考公司带来怎样的创意吧。没人能让这位创意设计员工老老实实地坐在工位上——他必须半裸着躺在自己的世界里，谁也不能侵犯。开放办公空间表面是为战胜"冷漠"，实际上是一种全面监控，是一座自称天堂的地狱。不能给爱人打电话，不能在电话里说悄悄话，因为所有人都能听到。不能说公司的坏话，哪怕是开玩笑，因为大家都竖着耳朵呢。在思考公司，重新布置开放式办公室引起了一些奇怪的反应，本来喜欢它的人厌恶它，厌恶它的人却欣赏它。开放式办公室无疑可以造就一大批小第欧根尼。

别小看了总经理顾问这个角色，马基雅维利知道权力为何物。狐假虎威的关键在虎威，伟人的代理人仍是和其他人一样的小人物。思考公司的员工误以为马顾问的权力很大，而实际上，老板顾问也没有什么比取消一次会见更大的权力。他的迎面是一堵高墙——他没有什么可代表。

斯宾诺莎作为公司的管理者，深谙中国的"无为而治"：真正有才能的老板，无论在场和不在场，公司都能很好地运营。无论他在伦敦开会，还是在意大利度假，员工们都能感受到他的存在——正如基督教徒心中的上帝。然而，你可能要问了，公司灵魂人物——总经理怎么还不出来？看，让·菲利普·迪厄来了！但他何德何能，竟领导苏格拉底、孔子、亚里士多德等巨星？

原来，他就是隐约的"上帝"耶和华。对于这些哲学家来说，只能塑造成一个虚无的上帝来领导思考公司，否则任何人当老板，估计都不能出现一个理想局面。

你可能又说了，简直恶搞！但你又应承认，作者并无恶意。别怪他烧脑，却也让我们脑洞大开呢。

谁肯去《约翰·克利斯朵夫》里面寻找这一句呢？

不经意间，我闯入其中，彻底陷落。

从"萨皮纳"这一节里得到太多搅扰灵魂的句子。从墨香四溢的纸页上，目光聚焦到了这十个字上。普通的十个汉字，单独拆开或许语义平平，但组合在一起，就成为一发发集束炸弹，猛然间将我击中，使我不能动弹。

我一字一字地咀嚼着，不肯一气读完。我愿饮尽这十粒香醇的弹丸，浸泡其间，赖在每一个字的纹路和肌理中，不出来。

这是罗曼·罗兰为那个情窦实开的小伙子克利斯朵夫与新寡的萨皮纳安排的星夜初会。我将"天河缓缓地在那里移转"单独挑出，每每读之，总是掩住心脏部位，不敢呼吸，不忍动作，为那份猝不及防的美。

这样的语感，烙刻着深深的罗氏印迹。我相信，有些字句透露出的美难以再用字句去复述，我被这句"天河缓缓地在那里移转"的美惊吓住了，我在这句话里走不出来了，或者说，我宁愿在里面久久跌落、沉浸。

这个青春的星夜，属于克利斯朵夫和萨皮纳，更属于他们相恋的那屈指可数的几十个夜晚。天河下，小街边，有两个心神相属的人。虽为两个小人物的爱，激荡出的声音却如黄钟大吕，在文学和人性的长河中，久久回荡。尽管罗曼·罗兰把萨皮纳"写"死，但对于她来说，有这几十个夜晚，足够了。生命曾恣意地绽放过，意象深邃，娇艳华美，要知道，有的女人一辈子也没能这样盛开呢。

无疑，这句话是属于孤独的。两个人的孤独，在这暗夜里相遇了，但这孤独不需要密码，他们一眼便在彼此内心长驱直入、自由来去了。这样的夜晚是天河在头顶缓缓移转的夜晚，多么精致而华丽！他们把孤独交付给彼此，抚摸着一份俗世的薄凉，从此成就属于他们的旷世温暖。

因为深深地陷入这句话，我狂热地迷恋着克利斯朵夫这个短命的女友——萨皮纳，这个可爱、堪怜且透露着爱和美的精灵。尽管罗曼·罗兰先后"派给"克利斯朵夫十几个女友，但我坚信只有萨皮纳造就了克里斯朵夫一生的爱的迷信。人类迷失得太久，心在浮躁中浸泡至麻木，以致萨皮纳成为异类。雄浑、犷悍的主题下，萨皮纳是从这部巨著的宏阔中流出的小夜曲，潺潺湲湲，成为大江东去里的吴侬软语。一位法国学者认为，每一段情爱关系里，都有爱与被爱。而在约翰·克利斯朵夫和萨皮纳的开始，我相信他们是双双"陷落"，共同赴爱，他们情愿彼此陪伴着天河，缓缓地在那里移转……

"天河缓缓地在那里移转"，只有这句话才配得上"山无陵，江水为竭"的想象。缓缓移转着，就海枯石烂、地老天荒了。俗世里的每一次爱情都有危险，布满暗礁和浅滩，而在这段关系里，克利斯朵夫却像仰望上帝那样迎接着这份意外的赐予，他使得爱情之花不受肉欲侵袭，却同样感受着情欲的狂欢。从迷恋萨皮纳开始，我相信这个慵懒的女人，表面上是那样的不搭调，却适合想象。女性的"四自"固然重要，但是如果人类的情感都学术化、公式化了，成为一块严正矜持的"干面包"，那幸福的几率能有几何？

一句话，两个人。这句话的重心明显"偏"于萨皮纳。尽管她过于草芥，没有高贵的人格、远大的理想，也没有幸运的婚姻。她沉着缄默、无风无波、不娇自媚。不刻意，不矫饰，面容淡淡倦倦，却没有"女人的怨"，她不在乎自己是否可爱、优雅，是否讨人喜爱。放眼当下，我们社会中的人们总是有太多野心，特别是女人，人人争着胜出，个个争抢话筒，已经抢到的还要多占几分钟，坐在宝马里哭的女子还少吗？这个写满欲望的世界，多一些萨皮纳，是否会增几分可爱？

尽管我可以读到《约翰·克利斯朵夫》的英文版，仍请人把这句话翻译回去"the Milky way is moving smoothly"。然而，我相信，英语的单词无论怎样组合，也传递不出这十个汉字所表达的妖娆的香氛。不由得衷心感谢傅雷，他是如此懂得罗曼·罗兰！他们的灵魂不须敲门，彼此互通，英雄所见，惺惺相惜。

这句话还告诉我，罗曼·罗兰多么热爱星空！我经常想象着星空下那个孤独的被星光拖曳得瘦瘦长长的身影，他把自己置于浩瀚宇宙之下，在一个个繁星点缀的夜晚，仰望那璀璨的星粒散布于静蓝色的幽谧的晴空。一切心怀鸿鹄者，无不感受着一种难以言尽的壮阔与深邃之美，令人心旌摇动。这也是康德的"星空"，就在天河缓缓移转的时候，世上的两样东西充满了他们的心灵，那就是"头顶的星空和内心的道德律"。

一百多年后的今天，当我置身这光怪陆离的现代都市，坐在高高的楼宇之上，俯视这暗夜如昼的攘攘人间，不由得小心翼翼，恐惊天上人……何时，自己也能够拥有这样一份宁静，谦逊且虔敬，旷渺而幽谧，天人合一，宠辱皆忘，只听见自己心跳的微息……

因为头顶上空这片缓缓移转的天河，因为萨皮纳，克利斯朵夫相信这个世界还存在着纯洁而高贵的灵魂。

我也信。

酒店的日子，才属于自己

　　一个港台一线女星，每当与男友拍拖，必选择离家，住到酒店里，并毫不掩饰地大肆渲染对酒店的热爱……

　　终究大牌儿！这么隐秘晦涩的愿望，一直深潜我心而羞于示人，此处的"酒店"，终于成为韵意悠长的词儿，将深深蛰伏的小心魔轰隆隆地激活了。

　　作为女人，这样赤裸裸地坦陈对酒店的向往，势必冒着被斥为"不贤淑""不安分"的风险，却依然不能让我拒绝酒店的诱惑与妙处。毛姆说过："如果你为生活注入一些原创的东西，生活将变得极为有趣。"在我看来，关键在于这"有趣"上。倘若让我对人群分类，我会在已有众多类别中加上一个"是否有趣"。我将爱酒店的人视为"有趣"，他们时刻葆有对这个世界的惊奇感，必须让他们去"疯"，才换来这个世界的旖旎多姿。

　　酒店蕴含了远未终结和立即开始的一切，包含了起点、想象、空间等诸多要素，以及所有未知、无垠的阔大、深不见底的渊薮，从已有开始，向未有挑战。某个时候，酒店代表着我们自己未必知晓的精神深处。酒店也是某些人的象征，这些人不甘现状、心怀远方，因为他们的不甘，世界因此变得动荡不安，但谁能否认，这不安中蕴含的精彩和迷人！

在我个人看来，我向往酒店，还因为它可以使我暂离烟火市井。住酒店暂离居家感，更符合一个"公主"的作派，激起一种别样的美学关怀。在酒店里，不须去菜市场，更无厨房里的油烟绕身。简单的床铺，吃食也可丰俭由己，衣物一两件，洗漱仅简洁——然而，必要有一样东西——书桌。手提电脑置于书桌上，插上酒店的网线，这两件东西解决了读书写作。至于酒店窗外的风景，闹市、海边、湖畔、山脚，皆具其趣，写作之余，可去这些地方散步、沉思，哪怕露骨的小资……

几年前，我因兼职某行业媒体方面的工作而频繁出差，那真是一段心旷神怡的日子啊！多时每月三至四次出差，极大满足了我对酒店的所有想象。友人悄悄问我是否疲惫，我羞于流露自己在途中和酒店的喜悦和得意，内心的向往至今未熄。2007—2008 年，我在清华大学全脱产进修一年，住在紫荆公寓 14 号楼。那是一种酒店式"连体"公寓，称为 A、B 间。两间小屋攘臂相接，就像连体婴儿，中间的"迷你"客厅让两间卧室友好"握手"，但客厅两侧各有一门分别通向两个小房间，两道门关闭，两个小屋各自独立、毫不相干，而一打开，则连为一体。我和来自团市委的室友欣喜若狂地享受着这小屋，离开时泪眼婆娑——这应是我关于酒店的最美记忆。

2011 年，我随队参加一个企业内训，需要在一年内长驻吉林市。

那一年，我经常需要"在路上"，飞机、火车、汽车各种交通工具轮番上阵，"住在酒店"的美妙一览无余。特别是每天工作结束，来到几步之隔的松花江，享江风习习，看万家灯火，此乃我心中住酒店的日子啊！

住酒店必与旅途有关，没有旅途，哪来酒店！旅途的风景通过酒店来安放，酒店的意义也只有通过旅途才能彰显。旅途对于一个人的吸引是不在旅途的人难以理解的。从家到酒店，是从一种坐实的烟火一跃而起来到天马行空的云上。在我看来，爱住酒店的人渴望一种纯净的远离烟火熏染的生活。居家的烟火气恶狠狠地扼杀了许多美的缥缈，因而渴望已被油盐酱醋磨损了的活力和不甘在酒店中重新得到激发和点燃，这样的人，我视之为同道。仰望着他们那颗久久蒸腾的心，将自己的万千思绪和胸中块垒抛洒一路，在一间间酒店里实现自己的人生抱负，从而梦想无疆。

诚然，酒店除了给人精妙的体验，还有许多未知的风险和不尽人意。比如孤独、寂寞、恐惧、期待、莫名的紧张、刹那间的意外，这些都是酒店给予的。这里可能没有家庭的温暖，没有麻将桌的热闹，没有热气腾腾的饭菜……但这丝毫不妨碍热爱酒店的人们向往酒店。他们喜欢激情的造访，喜欢在一个又一个酒店之间的途中追逐梦想、寻找乐趣。他们是世人眼中的"神经病"，必须自找麻烦，别人认为辛苦的，他们觉得过瘾；别人认为残酷的，他们乐于享受；别人认为受伤的，正是他们为自己设置的标杆；别人认为不值得的，则是他们眼中至高无上的荣耀……他们就是这样喜欢在酒店里倾听自己内心的声音，找回自己做梦的权利。

现代人正在失去醒悟人心的自觉，而酒店和旅途正是找回这一切的地方。有一对公务员夫妻，他们十年前就开始了自驾游。他们家在"天堂"杭州，却屡屡把车辙印在辽阔的大西北，有人问他们：杭州那地方，我们想去都去不成，你们还往外跑个什么劲儿？女主人说：在一个地方待久了，哪怕是杭州这样被誉为人间天堂的城市，也需要到一个陌生的地方去看看，无拘无束地欣赏别样的风景，与陌生人聊聊，品尝热辣刺激的地方美食……

是啊，这就是旅途和酒店的给予，也是人类向往远方、捕捉未知的情怀。

几年前，温州作家哲贵写过一篇小说《住酒店的人》，其中的男主人公朱麦克，放弃豪华的自家住房却住到本市的一家陌生酒店。但朱麦克"已经四十一岁了，依然是个很干净很有型的人"，没有小肚腩，没有肥胖和松垮，这难道不是得益于他对酒店的钟爱吗？爱酒店的人，会对自己有所要求、对人生有所追求，断不会让自己"走型"。

英伦才子阿兰·德波顿写了一本小书《机场里的小旅行》，开篇就是"准时虽然是我们对旅行的基本要求，我却经常希望自己的班机能够误点——这样才能被迫在机场里多待一点时间"。他自称自己很少向外人透露这种隐秘的渴望。是的，这肯定是隐秘的，如果他把渴望误飞机的想法传达出去，不知会招来多少围攻。可是，我在读到这第一句话时，竟然偷偷乐了。几年后的今天，当我翻开这本小书，发现自己在那句话的上方用蓝色圆珠笔疯狂地写道：我也是这样想的！

我相信爱上住酒店的人都会理解才子的这种心情。当他在一个深夜的伦敦希思罗机场，结束当天的所有飞行之后，他被一位机务人员开车从酒店接到空旷的机场，他盘腿坐在满是黑色胎痕的跑道上，于灯火明灭中眺望不远处他下榻的机场酒店，我更加自信地确定了这一点。这是一种让未知无限延展的隐秘的悸动，他们对一切新奇事物抱有烈焰般的热情，时刻保持对这个世界深深的惊奇。

是的，酒店，在某时，它还是一种权力、机会和能力的象征。我的女友一直在一个死水潭般的岗位上晨晨昏昏地耗着，从没有机会出差，哪怕郊县。几年后，她跳槽到另一家公司，有一次我有事找她，手机里传来她少有的兴奋与激动："我出差了！正在 × 市……"，是的，"我也有资格和权利出差了！""原来，出差是这样奇妙！"我清楚记得，那天我们并不太长的通话中，她多次无意识地重复"我出差了"，我在手机这边欣慰地笑着，暗想，这样的酒店，这样的旅途，你凭什么否认它对人生的那一种激励和鼓舞？

想想大千世界里那些光怪陆离的酒店吧，仅仅窗外那无限的风景就让人无限地向往了。记得亦舒的一篇小说里，主人公推开酒店的长窗，窗外就是无垠的太平洋。我还看过一位朋友发自草原酒店的照片，单人床与小窗垂直，而窗外则是一幅斑斓的春天景象，那里的花草、河流、蓝天、白云、牛羊、游人，这些元素都恰到好处地把窗外点缀起来，绘成一幅春天的画轴。这样的酒店，属于春天。

并非每个人都能把日子给自己，只有肥沃的心灵才懂得追讨自己的日子，这是一种对生命的恩泽。我景仰这样的心灵，也只有这样一颗丰饶的心才懂得酒店的万千气象。康德一生固守柯尼斯堡，从未离开。这位哲人如何就能在方圆不足一千米的区域里运筹宇宙？这是我等凡庸之人不可想象的。而我的偶像毛姆却是另一番景象，他在一个地方住满三个月，就会觉得哪里不对劲儿，立即着手下一个旅行，由此，他也被称为"一只贴满标签的旅行箱"……这样的人生，多带劲儿！

生命最完整的样子，一定是在旅途、在酒店中形成的。一个人对旅行的态度，折射了他对生活的理解。一个懂得旅行的人，必然比困守一隅的人，多了探究真实、了解未知的勇气和激情。

酒店是一个梦。我任性地以为，只有酒店的日子，才属于自己。

就把自己当作「文二代」吧

文学圈流传着一个"共识"：文学不能遗传！尤其与"战天斗地""筚路蓝缕"没有半点关系。一个人哪怕父辈是个大文豪，但他个人无意文学，即便让"黄世仁"拿鞭子抽打，也休想让他挤出半个字来。但又必须承认，一个在作家家庭成长的孩子，他从父母大量的藏书中，得天独厚地拥有并囫囵吞枣地享用过精神食粮，如果作家爸爸或诗人妈妈耐心倾听孩子的讲述，启迪、引导、发现孩子的文学兴趣，进而辅导他们的阅读和写作，那么这个嘴里含着"文学钥匙"出生的孩子必定比"白丁"家庭拥有更多的文学资源以及丝丝缕缕的言传身教，不但成功地"被文学"熏陶，还心心念念地自愿践行，偷偷地，就涂鸦起来，这，似乎就是得到了遗传。

于是，我们就看到眼下的"文二代"自动分成了几个"阵营"：一是精准地继承了父辈的文学基因，无论读写，都能无师自通，那文气、灵气，简直就是活脱脱的文学"克隆"，比如严歌苓、王安忆、蒋方舟、叶兆言、笛安等；另一阵营，则是文学"转基因"，甚至形成"断代"，即使传承，二代也不给予肥料、水分、阳光等方面的"配合"，于是那种子等于种在石头里，能发芽只能是传说了。比如，季羡林的独子季承最有可能成为作家，哪怕季羡林传给他1%的文学"甘霖"，那"核动力"也是不可想象的。但《季羡林传》却传达出的这样的信息：这位名贯中西的大作家大学者，作品之外，特别是在亲人眼里，一无是处，脾气暴躁，喜怒无常，对亲人冷酷无情，甚至不如身边那只猫。是否因季羡林的怪癖无形中"扼杀"了这种文学渗透？季承本来的写作欲望也因对父亲的抵触而"厌屋及乌"？我们没见季承的文学建树，虽有两本传记，也纯粹是沾了父亲的光、应了父亲的景，这个最有可能成为作家的人，却并未走上这条道路。

其实，在我这个"草根"眼里，文坛的镁光灯频频对准的那些"文二代"，同时还是名符其实的"富二代"，至少不像我当年首要的事是果腹，然后才想到去主志家里仅有的两本破烂的小说《金光大道》《艳阳天》。经常家里难见个带字的纸片，只得去烂柴草下的纸箱里翻找姐姐的高中课本……如今，眼睁睁看着老中青文学从业们晒他们的文学老子，父母如何用名著吵架，如何在书堆中"被文学"……就说上海的潘向黎前不久出版的一本《梅边消息》吧，毕飞宇眉飞色舞地介绍潘向黎幼年如何读诗文时就说到了她那学富五车的父亲潘旭澜，还强调什么作家的阅读量以及早读晚读的巨大区别……他大概不曾意识到，他这样"站着说话"竟是怎样地"刺痛"了我！我和潘向黎几近同龄，她们倒是悠哉地读着诗文长大，人生方向早已确定，又有父辈保驾护航，而我那时却挣扎在温饱线，一直到中年，可比么？

当然，我也自知这样的"眼红"有点不可告人，也难免以晦暗的心态抱怨自己的出身……有一次回老家，跟当农民的哥姐谈起我的写作，不知怎么就扯上"文二代"，我的语气里肯定流露了连自己都不易察觉的深深浅浅的妒意，这似乎触发了大姐的恻隐之心，我那年届古稀的大姐开始安慰我了——别灰心，如果不细究，咱也算是文二代！

此语一出，我心一怔，"沾沾自喜"着将信将疑：难道自己真是"文二代"？

回省城的高速上，暗自盘点一番（参考某些"文二代"的血亲图谱）：母系那边，我自降生母亲就重病卧床，去世时我尚不谙人事，她那边99%的可能是农民无疑。大姐口中的"疑似"，皆来自父亲。祖上清一色农民，到了父亲这一代，只有父亲和叔叔。兄弟相差一两岁，学龄到了，恰逢法国人在我们那里办了教会学校，可能是好容易不收学费，祖父就把兄弟俩踊跃地送去（似乎不该这么揣度祖父）。谁知，我那叔叔一见文字大脑当即短路，而我父亲正相反，一看书本就两眼放光，读完教会学校意犹未尽，祖父看他"是块料儿"，这回不惜学费把他送到一家私塾，从此与书结缘。祖父看着两个儿子渐渐成年，心里盘算：同根所生竟然如此不同，就让大的读书、小的种地吧。

那是20世纪三四十年代，各路"诸侯"各燃烽烟，父亲和他一起读书的几个小伙伴稀里糊涂地被征召，分别到了不同部队，后来才知有的姓"共"，有的姓"国"，而父亲所在的部队不幸姓"国"，编为"国民革命军第六路军"。父亲的私塾背景使他颇受重用，从小号手不久就跟在首长身边当了"文书"……若不是一场空前疟疾把父亲撂倒遣返，他的"下场"，我给他设定了三个：以身殉国；留在大陆被改造；跑到对岸……后来的桥段，接近第二个。我自记事起，即使全家糊口艰难，母亲重病呻吟，不太"光彩"的身份又让父亲时而战战兢兢，但他戴着老花镜，捧着一本卷了边的《资治通鉴》或《金光大道》，不管今夕何夕的读写背影，一直烙在我的脑海，一刻也没远去。后来父亲遂成为"最有学问"的"乡贤"，大小文事都有他的影子。

到我这一代，哥姐们无一例外继承了父亲的"文化"基因，我经常零距离地看着他们过目成诵、成绩斐然，自然在读书上不敢懈怠。只是，哥姐的读书运势都被集中在我身上——大姐虽能高考，却因父亲的天主教徒身份和"国军"经历被堵在大学门外。后面的一哥一姐均赶上"文革"，只有我，既能高考，父亲的那些身份亦被忽略。于是，他们三个只能羡慕嫉妒地围着我的高考卖力……参加工作后，工科出身的我，一边应付生存却也没被文学抛弃，在痛苦地纠结辗转之后依然回到了父亲的读写道路。

父亲早已作古。固然是"文二代"，也没人给我制定硬性指标，不像职务职称还需要上级评聘，我于是渐渐地暗里"接受"了大姐的安慰——别笑，这样，我再写作时，是不是就有一双来自天国的眼睛鞭策、勉励？何况，谁又能说我不是"文二代"呢。

游离于汽车的世界，却要时时听取"车"声一片，什么体验？

十年前，社会上兴起一股学车热潮，涌入我的生活：身边一个个女友先后考取驾照，有的正在学，有的则已在做着上路前的准备，就连我刚满 18 岁的女儿也已考过"倒桩"，只等寒假"路考"……这让我自己的驾驶梦也蠢蠢欲动起来，立即到驾校报了名。

一次，夜幕下，全家从炼油厂亲戚家回城，迎面而来的一辆车不分青红皂白打着刺眼的远光灯，女儿坐副驾驶，我坐后排。前座的两个若无其事，安如磐石，我却按捺不住义愤，自言自语地斥责："开什么远光灯！交警哪去了？简直不讲理……"如此"泄愤"一番，对面的远光灯依然晃着。纳闷前面的两个人依旧气定神闲，毫无谴责之意。沉默一会儿，二人视若无睹也罢了，还"不知好歹"地将枪口齐齐掉转，直指向我。主驾上那位，慢悠悠地说："好，你放心，你看我如何撞上去，非将那开远光灯的，撞上天……"副驾上的女儿，听出此话的揶揄之意，倒像安慰我："急什么呀，开车就要像我爸这样，沉住气，他开他的远光灯，你只管开你的车……"

一比二，被无端抢白，我不服气："有没有是非曲直？开远光灯倒有理了？"

此为第一次围绕车的话题的正面交锋。以争吵和彼此不服结束。

几日后，全家路过一条狭窄拥挤的街道，前面就是路口。由于旁边有一座大型医院，几乎 24 小时内，无论车人都以龟速往前蠕动，等待两三个红灯能通过算是幸运。这时一辆白色轿车拼命往前挤，分秒之间就能擦上我们的车，我又忍不住怒气冲天："挤什么呀，没看见前面这么多车……"

意外的是，前面的二位非但不谴责那抢路的，反而又一齐向我开炮。主驾又说话了，仍是一副渔父垂钓的悠然态度："那车也真是的，你等着，我把车开上去从后面撞他，非把他撞翻，给你报仇……"

副驾上的女儿像是受到鼓舞，更损："妈妈，你看这样好不好，咱们加大油门，跟他同归于尽！"

不等我反应，两个人暴风骤雨般对我一通狂轰滥炸，我予以坚决回击，不可开交之际，那两个人顿悟一样地异口同声："好了，现在就去驾校，撤回报名表，你干脆别再学车。就你这脾气，还真不适合开车这活儿。"

我一听不好，急忙争辩，坚持我的道理："他抢路撞别人反而有理，都像你们这样助纣为虐，交通状况怎么改善……"

越是争辩，反而越是坚定那两位阻拦我学车的意志，当场拐向驾校，将我的报名撤销。之后，又有多次交锋，那二人一次比一次坚定，彻底将我学车的路严严封死。

我仍不服："我们单位的司机，初中没毕业，人家照样开车，你们竟然连大学生都信不过？"

不说则已，一提学历，那二人更振振有词："非常正确！别说人家还读了初中，即使文盲，人家就是开车的料儿！而你，即使博士后，也别想。"说完，他们不再嘲讽、争吵，一副郑重模样："开车需要适宜的耐心、冷静、稳重、机警，而你，一根筋、火爆脾气、认死理、爱较真、动作上缺少协调性、一遇机械就大脑短路，所以，你可以文采飞扬，讲课也引人入胜，但为生命考虑，还是离车远点……"

双簧一样的二人，越来越激奋，后来又嘲笑我分不清奥迪、奥拓，只认四轮、两轮……本不平和的语调，更是"夹枪带棒"："如果你非要开车，咱们家无论上学的、上班的，只能全天待命，因为你的事故报警一定是全天候的，我们全部辞职，回家来，随时整装待发去帮你处理交通事故。"

说着，二人面面相觑，大约自感损了点，又转为安慰："我们一致承认你是最优秀的老师，敬佩你对学问的执着，但你得认识到自己是最差的司机，所以，最好别把命搭上，老老实实讲你的课、写你的文章吧。"末了，丈夫不忘补充："你尽可打车，咱不心疼钱！"

至此，我无奈间听任裁夺，自甘认输。时间久了，坐在副驾驶，不摸方向盘，不记红绿灯，不看路标牌，无谓限行日，那些繁复的交规与己无关，节省许多脑细胞……却隐隐地心有戚戚。坐在不同女友、女同事的车里，方向盘被她们一双如柔荑般的小手优雅地旋转，本来落定的心屡被撩拨。悲剧的是，家中那二位对我学车梦的"死灰复燃"一直保持着高度警觉。每见我流露此意，总要毫不留情地对我的智商和情商进行一番密集打击，将我悄悄燃起的火苗狠狠掐灭："在开车方面，你的所有女友、女同事都比你性格好，你就死心吧！"

就这样"望车兴叹"着，也时常阿Q一番：坐自己的车，让别人当车夫吧。

变化，起自工作单位的搬迁。离家甚远，关键是那个地方的地理位置很是尴尬，说不通公交吧，换乘两次，并步行一段也能到，而骑自行车又有点远。就这样骑行一周，换了几次公交之后，我把心一横：学车！很快，我就拿到了心心念念的驾照，然而胆量还是有些不够。于是，正式上路前，我又经历了两个有趣的陪练。

怀揣驾照，庄严地坐到驾驶位。第一个是王教练，沉默少语，只在需要提示我操作的时候才开口，或者在我操作失误时替我踩刹车，转弯时替我把控方向盘，平时极少说话。开始时我很怀疑他的教练能力：如此教练，何时才能放我"单飞"呢？

当我练完一个车程，再约王教练时总是时间不合适，于是换作李教练。不料，情形相反，这位李教练是一个话痨，副驾驶座位上的他，一路喋喋不休，讲的大多是"车外话"：从国内国际热点、股市、广场舞再到菜市场大嫂，五花八门，无所不及。仿佛，他不说话就难以捱过一分钟，在他面前，我倒险些成为"哑巴"。具体到开车，他事无巨细，耐心周到的程度令人感动。我暗暗赞叹：循循善诱！这才像教练嘛。

然而，很快，我极为不适：练车的两个小时内，他几乎在所有路段都用左手死死把住方向盘。在转弯时最需要司机个人揣摩方向盘的度，他却全权代劳。一堂课下来，我根本找不到真正属于个人的驾驶感觉。当然他一开始就提示我：职业病使然，我要为你的安全负责。

可我并不想领情。在第二次练车结束时，我郑重提出质疑并直言："下次，请让我自己操作方向盘。"

难道不是吗？放开，这是一个人成长和独立的必须条件。练车的那些天，我读到一个有趣的故事：一只天蛾的茧儿，差不多藏了一年，它结构特异，一头是一条细管，另一头是一个球形囊，很像实验室中的细颈瓶。当蛾出茧的时候，必须从球形囊那里爬过那条极细的管儿，然后才能脱身、强壮乃至飞翔……据生物学原理，蛾在作蛹的时候，翅膀萎缩不发达，脱茧时必须经过一番挣扎，身体中的钙质才能流到翅脉中去，两翅才能变得有力，它们也才能飞翔到空中去。

问题就来了，蛾的主人看到蛾在痛苦挣扎，顿生悲悯之心。他心疼地想：蛾如此肥大，如何从那条细小的管儿爬出来？终于有一天，主人看见那久囚的蛾儿开始活动了。整个早晨，他耐心守在它旁边，看它在里面努力、奋斗、挣扎，可是却不能前进丝毫。"啊，它似乎再也没有可能出来了。"主人最后的忍耐破产了。他想，人比造物者更智慧、更慈爱，何不帮它一把！他用小剪刀把茧上的丝剪薄了些，并不断为自己的仁慈得意着。果然，蛾儿很容易爬了出来，而主人却惊呆了，他看到一只身体格外臃肿、翅膀异常萎缩的蛾儿！他守在它旁边，等着它徐徐地伸展翅膀，显露它细巧精致的彩纹……然而却大失所望。

主人"无知"的温柔竟酿成大祸。可怜的蛾儿，非但不能扑着它带虹的翅翼飞翔空中，反而很痛苦地爬了一会儿，不寿而终了。

"啊，是我的智慧和慈爱，害了它！"主人懊恼不已。

许多时候，我们看见有的人在艰难困苦中挣扎，往往觉得很是可怜，恨不得立即施救，可是，我们怎么知道，这些挣扎和呻吟，不是成长的必须呢！

立刻想到第二天的练车，李教练对我施以"智慧和慈爱"的把控让我如此不适。于是，宁可等待，也要约到懂得放手的王教练。果然，经过了王教练陪练的五个车程，我很快就能"单飞"了。当我稳稳地坐上驾驶位，家中的那两位，开始尚且横眉怒目，而我安全驾驶两年后，竟无一违章，他们渐渐屏气敛声。直到有一次我在高速公路上一气开出300千米，加速、减速、避车、超车、定速巡航……自如切换如行云流水，二人至此方心悦诚服。

自从高速公路进入人们的寻常生活，自驾渐趋成为一种出行时尚。有那么几年，我们经常自驾往返冀沪、冀浙之间。

行驶在四通八达的高速公路上，前前后后的各式汽车，却来自不同的地方，代表这些角落的标志则是一个个蓝底白字的车牌（大货车除外）：黑A、甘B、渝C、苏E、豫F、粤H、桂G……似乎仅在一条路上，就完成了华夏九州的云游。我喜欢在高速公路上观察一辆辆呼啸而过的大大小小的车辆，它们形成一幅动感拼图，呈现一个热气腾腾的全新世界，令人无限的激奋与雀跃。

前年春节，我们在去上海前，提前十天自驾到桂林旅游。从桂林前往柳州，高速公路上疾驰的车牌号码五花八门，除桂字头牌号之外，粤B、黔A、湘C等邻近省份亦"前呼后拥"。目不暇接之际，忽一辆"琼A"从超车道跃到前方，引我一阵欢呼——它跨过琼州海峡来到大陆腹地，多么伟大的壮举！遥想20世纪初，从那个岛屿出发到京城，至少也要半月十天，今天这样的遍地飞"琼"，需经历怎样的嬗递？

有时在杭州与女儿团聚过节，节日期间经常自驾车穿梭于长三角的沪杭、沪宁、宁杭等高速路段。作为经济最为活跃的地区之一，长三角路段上的车牌号码更是让人眼花缭乱，全国各地的车牌频繁出没。有一次，刚驶出虹桥机场，车入青浦段，一辆冀A冲到我的车前，令人眼睛一亮。那是一辆货车，封闭严密，看不清里面装载何物，私家车竟然被它甩下，眼睁睁地看着它隐没在前面的车流中，到嘉兴收费口，却又看到它，原来它驶出站口，冲向了嘉兴城区方向。

目送它很远，有点像异乡邂逅亲人，竟有一种不舍。

待驶到杭州方向路段，没多久前方就出现一个冀 J，这更令我高呼：这是我沧州老家的车牌。车后载着笨重的储油罐，一眼便知是华北油田运送油品的车。由于装载危险品，它始终保持匀速行驶，我们从心里跟它挥挥手，从它身边掠过。

紧接着，先后有冀 G、冀 F 等车牌进入视线，在他乡土地上与这些"熟悉"的号码前前后后行驶在一起，心，无端的美好。

通常情况，除河北省之外的其他省份我一般立即判断 B、C 所在地，D 之后则模糊许多。比如，粤 B 是深圳，粤 C 则是珠海；浙 B 是宁波，浙 C 则是温州。改革开放的四十多年，在河北石家庄，大街小巷常见浙 C，温州商会如火如荼，浙 C 就是温州商人的标志。我所在的小区，临近"南有义乌，北有三条"的石家庄南三条国际商贸城，车库里停放着许多浙 C，而浙 A、浙 G、浙 F，以及其他如渝 A、苏 C 甚至新 A，也常见到。

漫漫长途，往往靠这项车牌"看功"驱走困意。让眼睛与一辆辆疾驰而过的汽车竞技，心中燃起的是一种别样的兴奋。去年中秋节，在津保高速，一辆大货车呼啸而过，车后面的货物高耸惊人，它欢叫着昂然超车，有一种示威的味道，定睛看时，是云 H……

记不得从哪天开始，高速公路上突然冒出一辆辆体型庞大的快递运输车：顺丰、京东、韵达、申通、邮政、宅急送……这些快递货车经常从侧道大摇大摆超车，扬长而去。与这些厢式货车不同的是，有的货车需要把活生生的猪牛羊等活物暴露在后拖车里，引起孩子们的一片惊呼。

随着自己成为"淘宝控"，路上再遇一辆辆快递货车，就会欢跃地想：或许这一车里就有我下单的货品呢。于是在高速上竟下意识地跟那快递车你追我赶。然而，往往追赶中间，一辆辆各个品牌的快递所属车辆鱼贯而过，眼花缭乱地数也数不清，只好一边惊叹着我国物流业的疾速发展，一边把自己买过的货品暂放脑后。

近年来，奔涌的车流中又增添了新的成员——房车。我的一位青岛女友去年成为"房车一族"。她的朋友圈里，一年中总有三四次开房车出行，那个豪华气派的"车"成为出游新宠，带着她领略各地的美景和见闻。有一次，她和丈夫游到了云南的元阳梯田，夜已静到骇人，仿佛有狼在附近的那种。他们停了车，就见后面跟上来一辆房车，一个漂亮女孩走到她的副驾右侧，说："天太黑，我们好怕，所以一直跟着你们，不如咱们今晚凑在一起，停车过夜。"

这是三位内蒙古车友，车主老哥 61 岁，买房车一年，一天也没离开过，连家中暖气费都停交了，老夫妻俩四处游荡。即使春节，夫人一人乘飞机回老家，这老哥也一个人留在西双版纳，节后夫人再飞回。随着春天到来，他们的女儿也从家乡飞过来，和父母一起云游。老哥说，过去的自己总是闷闷的，近一年的"房"游，见识太多，"房友"来自五湖四海，自己也越来越开朗……

常驶高速公路，还有赏不尽的奇观。去年我和丈夫去跟女儿过了个"五一"劳动节，回石家庄的时候，在山东济南段，两辆吉 A 牌大卡车后面拖着三四节拖挂，上面卧着长长的、巨大的风力发电机柱，那长度，令人想到《圣经》里的"创世纪"。而它的运输模式也让人叹为观止，不由得替它担心：数节拖挂串联，在高速公路没有死弯，下高速后需要拐弯怎么办呢？

别看这辆车看上去又长又笨，实际行驶中却灵活自如，它就那么昂首前去，一点也不像"蜗牛"那么慢，相反有时还能超越小客车，不由得对那司机投去敬佩的一瞥。

也有丧气的时候，那就是遇到车祸。正当那两辆载着风力发电机柱的大卡车超车前去，前方所有车辆突然纷纷减速，后来索性停在了路中——前方三辆车追尾了。堵得无聊，只好自我安慰：这也是国力增强的象征啊！百姓富裕，私家车猛增，节日外出旅游、探亲访友的，岂止你一家，人和车多了，尽管高速公路一条条不断开通，拥挤也难免。

高速公路上遇雨，很是神奇。车的疾驰，令雨成为刹那，往往分明看到道路前方天空的乌云"怒气冲冲"，湿沉欲滴，然而，随着车轮向前，瞬间便冲入艳阳的怀抱。当然，有时雨也是守时的，啪啪几点砸在车窗上，忽一下没了踪影，蒸发得如同不曾来过。而在这个春天，我们行驶在冀杭之间，从徐州段到浙江安吉的五百多千米区间，大雨、中雨、小雨、微雨，轮番交替，这是迄今为止我在高速上遇到的最长时段的雨。

车轮滚滚中，一项现代科技——导航，如影随形。试想，现今稍远的路途，若没了导航，可不就是盲人上路？

如今的导航，却也令人欢喜令人忧——欢喜占90%，而那10%也让人哭笑不得，甚至有时怒气冲天。

有一次我们刚从邢台驶入山东德州界，导航突然出现了"状况"：没有任何预兆就把我们导下了高速。出收费站，驶进一个城区，无数个红绿灯，这时我和丈夫相互抱怨起来，都说是对方乱说话而"误导"了导航，直到半个小时后穿越整个城区才又上了高速。一周后，我们收到一条违章信息，正是在那个穿越城区的过程中闯了红灯，扣6分，罚300元。

一次我开车到邻市办事，本来一路顺利，然而到了目的地附近，已看到高高耸立的城堡式主建筑了，导航却把我导到了一条狭窄的小路上，开到才知，那是个偏门，根本不进车。怪我第一次开车到这个地点，只好再按保安的指引重新定位，才到了那个宽敞的正门。

还有很多次，在乡村路段，从 A 地前往 B 地，毫无知觉地就跟着导航进入了一条羊肠一样的村路，牲畜、车辆、村民，有时村民在路上晾晒刚刚收割的粮食，迎面又来一车，错车都成问题，而恰恰此时，偶一扭头，忽见不远处竟有一条平行的大路，不是国道也是省道，那里的车辆畅通无阻，而我们蛇一样爬行到 B 地，回望来时路，才把平行的那条国道真正"坐实"，此时的二人，竟不抱怨导航，却相互指责没有事先设定"高速优先"，另一个就争辩："明明设置了啊，这导航怎么回事？"

于是，每次驶上高速，第一个"节目"总是要感慨一番：先是感谢发明导航的那个人，然后再心惊胆战地祈祷："但愿这次别出错！"

感谢发自肺腑。导航在更多的时候充当的正是行车天眼。比如，高速公路使用多了，就懂得自己去寻找惊喜。有一年春节，我和丈夫从杭州开车回石家庄，选择了一条安徽境内刚开通的高速公路。或许很多人尚不知这条路的开通，驶出杭州绕城，路上静悄悄的，偶尔有车经过，很长的一段路途中，路上几乎无车，我们惊呼：专用通道！甚是快意。可是又转念：道路开通却无车，这高速得多浪费，资源闲置嘛。于是期盼着更多的司机发现这条"新路"，让整个路段尽快进入"赛车"状态。

只有驶上高速公路，我才感到"基建狂魔"的巨大威力：华夏大地上，高速公路就像雨后春笋，往往隔一个节日没上路，再导航时，地图里忽地又冒出一条或多条崭新的路段。

也因此，后来再开车上路，习惯了在导航里查找新开通的高速路。幸运的是，每每都有新发现，让我们成功避开拥挤路段。特别是在满目繁花或秋叶尽染的季节，行驶在高速公路魔幻般的车流中，仿佛诗和远方一并到来了。

高速公路上的各式桥梁俨然春日繁花：假如高速公路没有桥，是否犹如春天没有花？

车的河流，一旦涌到桥上，堪称世间奇观。

沪冀、浙冀之间，我曾认真计数过，从石家庄至沪、浙二地之间的高速公路，取不同路线的平均值，需要通过的各式大型桥梁总在十座以上。那些桥，按桥面装饰与否可分为普通桥和景观桥，或宏大，或小巧，或气宇轩昂，或通体流畅，有的如大鹏展翅，有的似彩蝶翩翩……一座座形态各异。早早地，导航用女明星般的柔声相告：前方通过桥梁，全长 xxx 米……行至桥前，但见车行其上，或疾驰，或缓行，姿容万千的车，与梦幻般的桥身绘出一幅绝世画卷。此时，联通作用仅仅成为高速公路的最基础功能，现代桥梁的时尚动感给人带来无限的审美冲动。对，是审美！审美是一种情感活动，而情感，是人类在机器面前能保持的最后的尊严。

在江苏宿迁境内，河流开始多起来，一座跨越河流的大桥，两端的引桥长度远远多于跨越河流的那一段。桥身跨越的，多是长有灌木的河床，仅有一小段河水。但河里隐约闪现着船帆，那些船有的停在码头，有的则在河中穿行，两岸是金灿灿的油菜花，船和油菜，让那座桥有了一种身处江南的意韵，假如由北往南，此地就意味着进入了江南；若由南向北，则要离开江南了。

去往上海、杭州，会经过南京的八卦洲大桥（长江二桥）和大胜关大桥（长江三桥），前不久驶入上海时，特意从南通方向跨越沪苏通长江公铁大桥，冬日的晚上 7 点左右，桥灯璀璨，一派卡通景象，那桥的长度令人惊叹，行驶好久才能过完桥面。在上海期间，双休日里我们和女儿也喜欢开车驶上东海大桥。四周茫茫无际，顿感惊心动魄。风力发电机在海面上有序排列，庞大的杆身看上去却犹如一棵巨大的树。由于这桥通往洋山港，货车居多，每有大车经过，我的心不由得提紧。或许是幻觉，货车经过时总觉得桥身发生了共振，我们的车也随之"振"了起来。这份来自桥的刺激更激起我对桥无边的向往，我们在节假日还专门为了看桥而驶过杭州湾大桥、舟山跨海大桥，而向往已久的贵州北盘江大桥、福建平潭大桥等也在筹划中。当电视画面中每有一座桥竣工，我们往往先是一声惊呼，再做自驾前往的计划。

每次出行，我都试图精确计算一路上到底跨越了多少座桥，但真正实施起来却并不容易。我国的高速公路与日俱增，每次的行程，都有翻新。新路段、新桥梁不断涌现，原有的路段和桥梁也在扩建、延伸、翻修、"美容""整容"、嫁接，让人时走时新。

2019 年，我到中铁山桥集团"访桥"，却意外见识了一种外形奇特、与桥紧密相关的"车"——运梁车。

这车是桥的前奏——专门运送大型桥梁杆件和节段，长 18 米、载重 250 吨。驾驶室位于高大的装载平台之下，几乎隐匿，让人想到装甲车。看着司机师傅灵巧地让这个庞然大物前行、拐弯，我一下子产生了某种崇拜——桥崇拜和车崇拜。再回身看向那些天车和满车装载的杆件，似乎读懂它们身上的"桥容""桥语""桥魂""桥恋"，这让我这个"桥盲"瞬间电光石火：在山桥集团，桥是有灵魂的。

那次采访缘于山桥集团参与港珠澳大桥建设，我曾赴秦皇岛山海关的中铁山桥产业园和位于广东的中山基地探访。无论办公楼，还是机器轰鸣的车间，墙上悬挂着的一幅幅气势宏伟的桥，皆出自山桥人之手。高阔、深邃、流畅，这些仪态万千的桥，使山桥的一株草、一朵花也被赋予桥的光晕、桥的情感、桥的情怀——当我乘坐香港通勤车从港珠澳大桥驶过，由山桥集团承建的那两个昂然屹立的"中国结"诠释的正是这种意韵。也正在那一刻，我对桥的热爱如海翻涌：普天下的造桥人，成就了桥面的车轮滚滚。而这样的情景，只是想一想，便已令人心潮澎湃。

为了见识更多的桥，我们的每次出行都尽量不走重复路，比如有时通过武汉，为的是瞻仰武汉长江大桥；有时绕道郑州，目标是黄河大桥；有时特意去九江，是因为我在山桥集团看到一张九江长江大桥的图片……

千山万水，千丘万壑，过江，跨海，挟山……纤云弄巧，飞星传恨，无论仙人还是凡人，桥，搭载了生灵，联通了世界。千年倏忽，沧海桑田，地球上的山川湖海，一桥飞架，天堑变通途。天地与人，从此阅古通今，满目壮阔——每当我驾车通过一座座宏伟的桥梁，通体激荡着的，正是这样一种飞升的快意。

车轮飞驰，人间充满希望。

在日籍华人女作家黑孩的许多作品以及她的某些创作谈中，都曾提及童年家事：家中六个孩子，她是那个老幺：大姐出生于 1949 年，二姐、三姐和四姐都曾上山下乡，哥哥是工农兵大学生，黑孩则在恢复高考的第二年考入一所师范大学。

若论生活体验，她成长的那个年代，饥饿必为生活底色。"关于童年的记忆灰蓬蓬的""一生中最无法忘却的是学费的事"——某些时候黑孩就把这当作自己写作的出发点：爸爸的工资本来就很低，却都用来喝酒抽烟。妈妈白班晚班地打各种零工，赚来的钱依然不足以支撑全家生活。每次交学费之前，妈妈都要让最小的黑孩去邻居家借钱。妈妈之所以选定不满十岁的她，就是利用了人们的怜幼心理：难以拒绝一位小孩子的请求。妈妈这样教她："你去借钱的时候，就说爸爸 22 号发工资，22 号那天肯定还钱。"

从此，22 号成为黑孩永远无法忘却的极其伤感的一个日子，连数字本身都浸透着哀伤。

面对"把孩子们当猪养"的妈妈，幼小的黑孩发誓："妈妈，长大后，我要把你受的苦都写出来，让全世界都知道你。"

成年后的黑孩成为作家，兑现了这个诺言。她的目光漫过前面那五个兄姐，遍览他们生存的艰辛、痛苦的挣扎以及命运的无常，生命的悲喜带来的难言的况味，激活了心性中的敏感、多思，而这些在酝酿、发酵后偏偏最易发生文学反应，她真的"写了出来"。

为什么成为作家的不是她哥姐中的某一个？

某天，蓦然发现，身边远远近近发誓"写出来"的，竟然多为黑孩这样的"老幺"。

英籍华人女作家虹影自称是"母亲的一个特殊孩子"。母亲怀过八个孩子，两个夭折，活下来的是四女二男，虹影是"幺女"。她自记事起就感觉到自己的"特殊"：不是因为最小，"她（母亲）的态度我没法说清，从不宠爱，绝不纵容，管束极紧，关照却特别周到，好像我是别人家的孩子来串门，出了差错不好交代"。

心思细密的虹影很快发现了独属于大姐与母亲的秘密，"我总有个感觉，这个家里，母亲和大姐分享着一些其他子女不知道、知道了也觉得无关的拐拐弯弯的肚里事"。

原来，母亲当年从乡下逃婚到重庆的纱厂做工时年轻貌美，被一个袍哥头（工头，相当于流氓恶霸头子）看中，生下了大姐，袍哥头重男轻女，对母亲打骂之余频繁带别的女人回家，母亲带着大姐逃离，嫁给了曾被虹影认为是生父的第二任丈夫，他们生下二男二女。这个养父长年在嘉陵江跑船，长期饥饿，营养不良，从船上落水受伤，被送进医院。母亲很长时间没有他的消息，绝望之余，一度以为他已离开人世。

为了养活五个孩子，母亲像男人一样去挑沙子。被人欺负时，一个做工的年轻男子站出来帮助她，并把自己的口粮分给她，而母亲自己不吃，都留给孩子们。尽管两人相差十岁，他们依然相爱了。从此，母亲虽然生活艰难，但心里照进一束光，因为这光，她敢于怀孕，生下这个"私生女"，虹影成为"六六"。

　　于是，这个特殊的家庭，两端的两个女儿，分别属于两个不同的男人，中间的二男二女则来自母亲真正的丈夫。在虹影读书的学校，她的生父经常偷偷地在门口等她放学，只为看她一眼，有时也情不自禁地跟踪……那时她当然不知，这样的幼年心路，正悄悄地为她做着文学的准备。

　　《饥饿的女儿》被虹影称为自传，虹影的童年和少年永远留在嘉陵江南岸那个糟乱贫瘠的"六号院子"里，狭窄的两个房间挤下父母和六个孩子。孩子们长大了，下乡插队的姐姐哥哥只是偶尔回家，但知青返城后，他们开始长住家中。到1980年，那个小家"快挤破了，像个猪圈，简直没站脚的地方"。

　　体现重庆嘉陵江岸边贫民生活的不仅仅是《饥饿的女儿》，虹影的长篇作品《罗马》中也有相当的篇幅。幼时的虹影就有了阅读的渴望，但那样的生存环境何谈阅读？复杂的家庭背景加上"私生女"的身份，让虹影觉得前路无光。如果留在原地必定承受一辈子的耻辱，随便嫁一个男人，重复母亲的生活。

　　"绝不要这样的生活，必须改变，我决定离家出走，成为一个作家。"十八岁的虹影离开重庆，走向北上广，走向英国、意大利。尽管她的脚步丈量着全世界，但嘉陵江边的那个蜗居，那里的父母和五个哥姐成为她的文学起点。

在虹影看来，大姐比她更适合当一个小说家。有一次大姐对朋友说："命运不帮忙，要是能让我做个作家，我的经历足够写成好多部精彩的小说。"虹影替大姐惋惜，所幸的是她这个么女替大姐得偿所愿。

1828年，托尔斯泰出生于一个与作家无缘的家庭。他是家里五个孩子中的老么，上有三个哥哥一个姐姐。然而母亲在他两岁时就去世了，九岁时父亲也离世。五个孩子先是被姑妈塔吉雅娜·亚历山大罗芙娜抚养，姑妈去世后孩子们的直系亲人只剩下远在喀山的小姑妈彼拉盖娅，已经读大学的大哥尼古拉请求小姑妈抚养他的弟弟妹妹们，但小姑妈要求孩子们都到喀山去。那年冬天，托尔斯泰和哥姐们都到了喀山。

托尔斯泰先是跟随家庭教师学习，后又前往喀山联邦大学深造，最后又去了圣彼得堡国立大学。这位不走运的学生在两所大学都未取得学位，但凭借贵族出身，他先后进入喀山、圣彼得堡以及莫斯科的社交圈子，沉浸于上流社会的纸醉金迷之中。

意外的是，父亲为家里留下大量藏书，这或为托尔斯泰日后成为文豪提供了某种可能。事实确是，兄姐们早已淹没在历史长河，留下皇皇巨著的偏偏是他这个老么。

与托翁境况相近的，还有毛姆。

毛姆的外祖父和外祖母一直生活在印度，外祖父去世后，外祖母带着两个女儿到法国定居，并且从事儿童读物的写作。毛姆本人是老么，再加上外祖母的文学传承，作家毛姆拥有了得天独厚的条件。

毛姆出生前，母亲已经生过四胎男孩，其中三个健在，最小的哥哥比他大六岁。他三岁时，哥哥们都回英国上学去了，他的幼年享有母亲的专爱。然而，他在八岁时丧母，十岁丧父，由法国辗转英国，由叔叔婶婶抚养成人。在他笔下，叔叔是一个自私吝啬且古怪成性的人，自传体小说《人性的枷锁》中，他对叔叔只有遗产继承的渴盼而无丝毫亲人间的温情。他与三个哥哥之间的关系也乏善可陈，他的三哥哈利三十六岁时喝硝酸自杀，他毫无触动；他的二哥弗雷德尽管被张伯伦首相任命为大法官，在他眼里却是个"可憎的人"。

事实上，毛姆一直挣扎于作为孤儿的凄惶，同时享受着作为孤儿的自由。这或许又成为他作为老幺的人生"特权"，助他日后成为作家。

维克多·雨果也有个不幸的家庭，他上面有两个哥哥阿贝尔和欧仁。雨果出生不久，父母之间已龃龉不断。母亲索菲热心政治，作为军人的父亲只能在部队里带着三个孩子。童年中的雨果，跟随父亲的部队颠沛流离，终于在西班牙过上了宫殿生活，可是这时父亲早与一个"托马斯姑娘"同居。雨果七岁时，三个孩子跟母亲回到巴黎，租住在斐扬底纳胡同十二号，大哥阿贝尔已读中学，胖乎乎的二哥欧仁是个抑郁寡欢的孩子，当然，每当大哥回到家中，三兄弟也在花园小径上奔跑玩耍。当欧仁和雨果都上学后，兄弟三人的学费让他们颇伤脑筋，经常是最小的雨果给父亲写信要钱。

当欧仁和雨果成年后，二人竟同时爱上了邻居的美丽女孩阿黛尔。兄弟二人甚至为她大打出手，当然最后阿黛尔选择了才华横溢的雨果。就在他们婚礼的晚宴上，欧仁言语失常，精神病发作，不久郁郁而终。然而二哥的死并没触动雨果，他被那空前迸发的诗情攫住，火热的文学事业让他没为这事耽搁一分钟。

前辈女作家叶广芩在她的《采桑子》家族历史小说中自称"七格格"，不过现实的排行中，大家庭有七男七女十四个兄弟姐妹，她排第十三，后面还有一个妹妹叶广荃，两人年龄相差不大，同父异母的大哥比她和妹妹大了近四十岁。于是，我们看到的叶广芩的作品，她往往把自己与妹妹"合并同类项","六格格"变成"七格格"。

在《颐和园的寂寞》中，叶广芩写到离家赴陕西插队时妹妹的送别，"1968 年的一个早晨，我要离了。"母亲在 1967 年被确诊为绝症，来日无多，而此时哥哥的地质队在江西，随着自己赴陕插队，全家的重担一下子压在妹妹叶广荃身上……车站送行时的生离死别，人生的熙来攘往，特别是离开了北京到陕西插队后，与原乡拉开距离思考人生，竟让她走上文学之路。而叶广荃也开始写些文章，她在《走出叶广芩》中开头就说："我的同事隔三岔五会对我说，我看到你姐姐又写了篇什么什么，或是电视里在演你姐姐的戏……"

成年后的哥姐们有的成为建筑专家、陶瓷专家，有的精通书法、绘画，有的痴迷古玩鉴赏，他们还有一个共同爱好——唱京剧。而成为作家的叶广芩习惯于在作品中把自己"约等于"老幺，是否缘于那种站在兄姐身后览遍人生的沧桑感？兄姐们经历的人生百味和世态炎凉，触发了灵魂深处那根文学神经，于是，兄妹十四人中唯有她用笔记下了家族兴衰、历史云烟。

与叶广芩相似的还有麦家。《非虚构的我》告诉我们，现实中的麦家在四个孩子中排倒数第二，上有一姐一哥，下有一弟，但在《人生海海》中，他却把自己"约等于"了老幺，"我有三兄弟，一个姐姐，姐姐最大，已出嫁，逢年过节才回来；大哥大我七岁，已是正劳力，每天和父亲一起出工，参加生产队劳动……二哥比我大五岁，在镇上学漆匠，平日不在家……"

——老幺的视角，更适于作家吗？

莫言上面有两个哥哥，只有他成为作家。大哥管谟贤师范出身。从教后曾任高密一中副校长。二哥管谟欣没能参加高考，进入农业机械厂当了一名工人。老幺管谟业，就是莫言了。

河北作家刘江滨也生长在多子女家庭中，上面有五个哥姐，他最小。父亲曾是文教局局长。按理，六个孩子受到的应是相似的教育，有着相近的情怀，但最终只有刘江滨成为作家。

当然，并非所有老幺都能成为作家，然而作家中的众多老幺有何"玄机"？

老幺与哥姐们往往分处于不同的生存状态。正因为哥姐位于"排头"，背负着更多的生活载重，因而极易活得匆忙、粗陋，狼吞虎咽，无暇咀嚼，疲于奔命，浮光掠影……老幺们却得以消化、沉淀甚至任性，可以在哥姐的怀里看蚂蚁搬家，关心虫臂鼠肝，得到了更多生命自由的同时，更具有了淡定、从容和含英咀华般的生命观照。说老幺们善感多思，那是因为他们有那个资格呵——所谓的举重若轻、恬淡如水，不过有人为你负重前行。特别是目睹了哥姐们的人生风雨，同时又目送着他们一个个走向成年，成年人的世界以及况味丛生就成为素材储备库和文学发生器。这一路，有哥姐们无私地供应着文学的阳光、水分和空气，老幺们一经长大，即使还在少年，却已身在通往文学的路上。

第二辑

风自乌拉吹来

身向榆关那畔行。

目的地：吉林省吉林市。

松花江，江湾路，文庙广场，龙潭山，北山……它们都有一个指向——"乌拉"，吉林市龙潭区下辖的乌拉街满族镇即是"满族发源地"之一。

久阴初晴，天显得隆重而高阔，风力很大，像从神秘的远方吹来，所有的树被赋予凛凛然的飒飒之声。阳光箭一般直射下来，刺在被风翻卷的衣袂上，顿时有了质感和重量。大块云朵随风疾走，圣洁得惊心动魄。云与天携起手来，显得嘹亮而高亢、坚韧而豪畅，洁净如宗教。

是了，像极了天风！天风猎猎，却不见一粒尘埃，风亦飒飒，风亦徐徐，融入身心，拂过书页，那些人物、故事和场景义无反顾地被染上了风的颜色。秋叶翻飞，高楼鸣响，若此时登高，游目骋怀，风中的人儿也被植了情愫、撩了心魂。就这样，我将这天风的印象，留在了吉林。

这座全国唯一与省份同名的城市，乍到的人第一反应都是省会长春，因工作原因我曾在吉林市常住一年，首先被恶补的就是这个地理概念了。几乎同时，我也陷入了"满族"因素的包围——吉林有一张响亮的名片：历史。历史让这方山水别具其名——乌拉。

游走在吉林市，满眼皆乌拉。"乌拉"即为吉林的满语，以至于让初到的我们误以为这是南非世界杯那个吹得震天响的口哨。直到数次爬上龙潭山，才知乌拉是女真的氏族部落之一，而核心居住区域则为吉林市龙潭区。

不到吉林，哪知吉林的山如此骄人！在吉林人的如数家珍中，才明白吉林市聚齐了"左青龙（龙潭山）、右白虎（小白山）、前朱雀（朱雀山）、后玄武（玄天岭）"四座山，若能按山索骥、深度探究，得出的结果该是何等的鸿篇巨制！更为关键的是，它们皆蕴含着丰富的满族文化，尤其龙潭山，是吉林众多绿色守护神中出类拔萃的佼佼者。

龙潭山位于吉林市东部，西与小白山遥遥相望，北与玄武岭隔城而立，南与朱雀山互为近邻，川流不息的松花江水常年滋润，其海拔虽不高，但山势挺峭，于小巧中见雄伟壮观、婀娜多姿，远望犹如一道巨大的绿色屏障横亘在市区东方。公元1754年，乾隆帝率众东巡吉林，来到了龙潭山，游览了龙凤寺，祭礼了龙潭，面对层峦叠嶂的山体茂密的古树以及浓浓的翠绿，兴致颇高，他把一棵黄婆罗树封为"神树"。这棵树在当时有28米高，粗壮挺直，枝叶翦齐，枝繁叶茂，那巨大的树身两人不能合抱。

乾隆所以祭此"神树"，盖因当年满清始祖努尔哈赤在龙潭山和海西女真扈伦四部之一的乌拉部交战时，不幸陷入重围，乌拉国王率兵放箭，努尔哈赤则机警地躲在一棵大树后面才免遭箭伤。为报救命之恩，大清国建立后，每年都有官员来此祭树，而乾隆此次东巡，则正式册封此树为"神树"。

由于有了皇帝此举，以后每年春秋两季，清朝驻吉林的文武官员在吉林将军率领下，都要衣冠齐整、毕恭毕敬地到龙潭山祭礼"龙潭"与"神树"。官之所倡，民之所行，对龙潭山的保护更加到位，其绿意更加浓郁了。

在龙潭山上行走，即使是烈日当头，也丝毫不觉炎热，身边的巨大树冠、枝桠、浓叶，成为一把把遮天蔽日的绿伞，为游者带来阵阵的清凉。据说，龙潭山上的树木有上百万株，百年以上的古树和珍贵名木就有一百四十多株，古树参天，新树耸立，芳草遍野，郁郁葱葱，为这座不大的山脉带来了绿色的生机。

龙潭山的顶峰俗称"南天门"，其海拔388.3米，登峰远眺，江城美景尽收眼底。山脚下的松花江宛如一条洁白的玉带飘向远方，鳞次栉比的城市楼景历历在目，来往的车辆川流不息，缕缕轻烟缓缓升起在城市的上空，红瓦、绿树、宽街、长桥、蓝天、碧水，构成一幅优美恬静的画面。

由于山形似一仰盆，就为古代的战争中就成了极好的军事基地和军事屏障。在山顶上，至今仍保存有一千五百多年前的高句丽古城遗址，是高句丽极盛时期的典型建筑。山城以起伏的山势走向建于山脊之上，平面呈不规则矩形，城墙底部以碎石与黄土夯筑，全城周长二千四百米，高十米，基宽十米，四隅各建有一平台，以便于观察和瞭望。可以想象，在这样一座山中建设这样一座城堡，四围有茂密的树木遮挡，攻则自如，退则隐蔽，堪为最佳的军事风水宝地。

吉林市内到处可见清代遗迹。康乾盛世的二位主人数度驻跸北山，留下无数诗文遗迹。在一处康熙的手迹处久久伫立，我蓦然想起当时康熙身边那个单薄、孤清的身影——纳兰性德。这位才高命薄、生性不羁的才子，却为康熙敬宠，每次出征，都会带上这位一袭白衣胜雪、出口成诵的宠臣。在常人看来，这种宠幸何其难得，多数人甚至常常会为邀宠处心积虑，而纳兰却似天外来客，偏偏不这样。他经常"精神溜号"，风花雪月、多愁善感地吟诵着。奇怪，他的这种出位之举非但未引杀身之货，反而愈加"媚惑"君王，每次出征必随左右、不离不弃。

事实上，纳兰性德的士人风骨，征服和容纳了一大批文武兼备的汉人，这种对大清江山巩固的功绩该如何计算呢！睿智如君主，康熙想必不会用钱和权去衡量纳兰性德的文化当量，因为，这世间，必有一种"懂得"上升到了骨灰级，它穿越了灵魂，幽幽而来……

在一个被冰雪覆盖的村子，有一条"乌拉街"，居民都是满族人，这里据说就是努尔哈赤的出生地。一处高台，努尔哈赤曾在此练兵。登台眺望，四处村舍俨然，夕阳枯树，隐约可见残垣断壁。高台下是一座小学，院墙上陈列着零星的满族文化壁画，当地人说此方案即为"保护"，否则放在它处，早就风化得无影无踪了。

说到吉林的满族文化，不能不提吉林市的另一张名片——松花江。

吉林原名即为"吉林乌拉"，满语的意思就是"沿江的城池"。城中虽处处充溢着"乌拉"的意味，但也有朝鲜族、回族、蒙古族等几十个少数民族。一条回转的松花江和环绕的青山，使吉林形成了"四面青山三面水，一城山色半城江"的天然美景，具有"北国江城"之称。

一直以为，松花江仅属于哈尔滨，原来一条江的每一段，都哺育、繁衍着一座不同凡响的城市。

吉林的松花江在市区呈倒 S 形，在吉林大桥两侧的不段最为繁华。像国内所有沿江城市一样，由于近年来房地产业对城市的猛烈进攻，江边在密密麻麻的各式高楼的同时，也被妆扮得流光溢彩，城市做足了"沿江"文章。有雾的日子，江水、高楼、岸树，人群，这一切都魔幻起来，而在那些溶溶月落的夜晚，松花江，更宛若仙境。吉林市更是得尽"临水而居"之利，被智者趋之若鹜。当然，这段江水本身就仙灵有据：常年不冰冻。更因电厂水温及水蒸气变化造成的温差，形成了吉林市享誉世界的自然奇观——雾凇。

据说，雾凇必须等得有缘人，他们必须拿出守株待兔般的锲而不舍。每年气温最冷时节，有时一夜之间，有时则在白天的某一刻，人们会在不经意的转身回首之间，发现满城已变成玉挂琼披，恍若天上人间。吉林远郊的雾凇岛是最佳雾凇拍摄基地，每到冬季，来自全世界的"骨灰级"摄影迷们租了民房长期守候，我们平时看到的许多雾凇精美摄影，全凭了他们这种不顾一切的痴迷。

沿着松花江逶迤前行，两岸的风景颇有些漓江的意象，只需将吉林的垂柳换成桂林的凤尾竹。人在画中行的时候，不觉间就到了吉林另一水景：松花湖。称为"湖"，其实是一个水库，这片水域，湖叉繁多，水质清澈，四季景色皆美。因松花湖，我对东北的水刮目相看，如果不是亲眼目睹，很难相信东北的水也可以如此妖娆清媚。

如果吉林还有一张名片，该是东北的"碴子味"方言了。那些言语中的精灵古怪和出其不意，以及那些对生活挖掘的天才性人群，非东北莫属，因为它们只属于东北。

心的深处，经常有这样的风，从那方山水，悠悠地吹来。每当此时，心会渐渐飘忽，继而泛起丝丝涟漪，也许只是一种无端的感动与浮想？走过许多的路，唯与吉林的缘，笃定而旷远。

斜月沉沉，天风阵阵，怀想着月下美丽的松花江，乘月而归……

李白 VS 杭州：

我为这样的错过

黯然神伤

流连杭城，每当沉浸在苏轼、白居易、徐文长、杨万里、聂大年等先人营造的那份隽永与靡丽，一个极为普世的问题油然而出：李白为何无缘杭州？

无疑，杭州是浪漫的代言城市，而李白是伟大的浪漫主义诗人，浪漫与浪漫主义虽非同日而语，但杭州的浪漫难道不能激起哪怕些微的浪漫主义想象么？在三位照彻大唐天空的大诗人李白、杜甫、白居易中，杜甫不曾与杭州发生任何交集，即使排除了年代、地域等这些客观因素，谁能指望吟着"朱门酒肉臭，路有冻死骨""八月秋高风怒号，卷我屋上三重茅"的落魄老人"直把杭州作汴州"呢？倘若果真如此，只能令这位贫病交加的"老愤青"更加扼腕，他老人家最舒畅的时候大抵吟过两次：闻官军收河南河北以及"蓬门今始为君开"。所以，杜甫与杭州属于天经地义的"错过"，我不会因此有点滴惋惜。

李白却不同。他热爱名山大川，也向往名湖大江，一切旖旎的风景都逃不出他的追索。令我惋惜的是，西湖的成型竟与这位旷世奇才失之交臂。

显然，李白与杭州堪比世间男女，正如阿基米德所说"在错的时间遇上对的人，一声叹息"。李白在错的时间遇到杭州，注定叹息着错过。可以肯定的是，倘若他们在对的时间相遇，一场思想与诗词的激情受孕，不知会为这个世界娩出多少瑰丽的奇迹。

有过类似遗憾感妈的，绝不止我一人。西湖闻名天下之后，许多与我一样有这种疑问的文人朋友苦苦求证李白与杭州"失联"的原因。我通过研究浩如烟海的史料，得知，李白并没错过杭州，他错过的，是杭州的繁盛与浪漫阶段——正如一位如花美眷，一位男人存在于她的多半生，唯独在她最美的"二八"年华里，他去国远游，等他归来，她已经罗敷有夫，垂垂老矣。

是的，李白到过杭州。但那时的杭州尚未驰名天下，相比今天的盛况，彼时的杭州尚养在"深闺"，一块璞玉等待雕琢，远未成型。李白时代的杭州，尚未成为五代至元代东南第一州等级的城市，甚至远不如今天杭州市的地位。那时的杭州寂寂恍恍，西湖的观光价值也尚未得到开发，李白对杭州着笔很少必在情理之中。他留给杭州的有限的诗句证明，他是绕着杭州行吟，却没能留下响彻历史的名篇。史料记载，李白一生至少有三次到越东，开元十四年（公元726年）、开元二十七年（公元739年）和天宝六年（公元747年）。开元二十七年那次留下诗篇《与从侄杭州刺史良游天竺寺》——

挂席凌蓬丘，观涛憩樟楼。

三山动逸兴，五马同遨游。

天竺森在眼，松风飒惊秋。

览云测变化，弄水穷清幽。

叠嶂隔遥海，当轩写归流。

诗成傲云月，佳趣满吴洲。

这应是李白最为"杭州"的佳作！天竺寺位于杭州西湖西面，在天竺山和灵隐寺之间，分为上、中、下三座天竺寺。十年前我和朋友寻找三生石时曾在中天竺逗留，那里的一草一木一钵一僧都隐约着佛家的谶意。李白曾游天竺，说明他当时已经接近杭州腹地，距西湖咫尺之遥。只惜，他却不曾向前多走几步，当他看到西湖——尽管不似今天的清逸与繁盛，哪怕莳草连湖，想必他看上一眼，也该为西湖留下只言片语的瑰丽。

约八十年之后，公元 822 年，大诗人白居易赴任杭州刺史。若论唐朝与杭州的渊源，就必须请出白居易了。要说描述杭州的唐诗，白居易的诗是不可缺席的。有时，某种意义上的杭州文学史，白居易也是为最耀眼的一笔。正是白居易在杭州的出色政绩才使得杭州西湖一步步走出深闺，白居易的诗词更使西湖渐渐成名。可想而知，在白居易到来之前长达近百年之内杭州的寂寂无名。经过百年的涵养与孕育才让西湖幸遇白居易，而遇到白居易的西湖才渐渐出落得超逸静美。

李白离世后，白居易用几十年"打磨"西湖，这几十年的相隔注定李白与杭州的错过，这一历史的错过使得我们在今天深深地叹惜着，而杭州、西湖，也永远少了这奇丽瑰美的一笔。

正因西湖"出道"甚晚，相比之下，彼时的钱江大潮对世人的吸引力远胜于西湖，于是李白有幸成为钱塘江"弄潮儿"。李白时代的杭州，位于萧山的西陵渡远比西湖繁盛。西陵渡位于西兴镇，设有驿站，西兴驿是萧山境内最悠久的驿站，还是浙东唐诗之路的起点。唐代有包括李白在内的四百余位诗人由杭入越，在东游名山大川前，先在西兴驿登陆，游西陵、登樟亭、住驿站、观海潮，睹物生情，缅怀先人，然后再下内河登船，经萧山、绍兴，自鉴湖沿着曹娥江南行入剡溪，溯流而上，直达天台山石梁瀑布。一首《梦游天姥吟留别》，不知令多少文人雅士为之倾倒。

李白在这支东游的诗人大军中，为萧山留下的诗句远远超过彼时地理意义上的杭州。他在西兴驿喝得大醉，醉后观潮曾作《横江词》：

海神东过恶风回，

浪打天门石壁开。

浙江八月何如此，

涛似连山喷雪来。

这样的诗句，多么"李白"！

此为李白绕着杭州"转圈"的又一佐证。事实也是，与西湖的清秀纤丽相比，壮阔咆涌的钱塘潮更贴近豪放不羁的李白。李白仗义，喜爱以诗会友，他曾夜宿萧山南乡，正遇店主夫妇争夺西施故里。听说来客是诗人李太白，店主夫妇肃然起敬，便说明原委。原来男店主老家住在苎萝山东，因入赘，到苎萝山西开了爿酒店兼宿夜店，苎萝山周围西施古迹很多。然而，西施究竟出生于苎萝山东还是西，夫妻各执一辞，互不相让，因而争吵，这与当下的人们争夺名人故里竟然一脉相承啊。李白一路最喜奇闻逸事，对西施故里之争顿觉好奇，但也不敢冒然武断，遂于次日由店主夫妇作向导，游览了现属萧山、诸暨两地的西施古迹群——苎萝山、浣纱溪（古称若耶溪）、浣纱石、西施庙，游览归来分别作诗两首，各赠男女店主。

送女店主的诗为《送祝八之江东赋得浣纱石》——

西施越浣女，	明艳光云海。
未入吴王宫殿时，	浣纱古石今犹在。
桃李新开映古查，	菖蒲犹短出平沙。
昔日红粉照流水，	今日青苔覆落花。
君去西秦适东越，	碧山青江几超忽。
若到天崖思故人，	浣江石上窥明月。

送男店主的诗《咏苎萝山》——

西施越溪女，	出自苎萝山。
秀色掩今古，	荷花羞玉颜。
浣纱弄碧水，	自与清波闲。
皓齿信难开，	沉吟碧云间。

李白在萧山的逗留，留下许多地名上的证明，比如浦阳江，《送杨山人归天台》诗云：

客有思天台，	东行路超忽。
涛落浙江秋，	沙明浦阳月。
今游方厌楚，	昨梦先归越。
且尽秉烛欢，	无辞凌晨发。
我家小阮贤，	剖竹赤城边。
诗人多见重，	空烛未曾然。
兴引登山展，	情催泛海船。
不桥如可渡，	携手弄云烟。

显然，当时萧山浦阳江就有以船相连的浮桥，"石桥"当指浮桥之类而言。李白就在浦阳江送别朋友，以《杭州送裴大泽赴庐州长史》相赠：

西江天柱远，　　东越海门深。

去割慈亲恋，　　行忧报国心。

好风吹落日，　　流水引长吟。

五月披裘者，　　应知不取金。

李白辞世百年之后的杭州，渐渐进入杭州历史上的鼎盛时期，城区大面积拓延，经济大幅度增长，人口迅速增多，文化长足进展。在某种意义上，杭州西湖的人工建设，始自唐朝，确切地说，始自白居易。

从这个意义上讲，之于杭州，李白，真真早生百年。

沪甬之间

沪（上海）甬（宁波）之间，从字面看，二者并无甚关联。一个是不怒自威的世界著名城市"大鳄"，一个则是精妙的沿海明珠；一个直辖市，一个地级市。无隶属也就无谓主次高低。如果硬拉个关联，那就是二者同属长三角，正在共同纳入一小时城市圈，论距离，它们之间还不如沪（上海）宁（南京）杭（杭州）来得直接。

不看不知道，世界真奇妙。走近他们，才知个中一二。

这"一"，首推语言。此前，怎能想到宁波人言必"阿拉"？

在我这个北方人心目中，"阿拉"为沪专属。打破这一定势的是一位宁波李先生，十多年前我出差宁波，他作为接待代表对我们讲一口还算纯正的江南普通话。然而一到宴会，李先生与我们说话时还无甚异常，转身与当地人讲话则一路"阿拉"起来。李先生性子急、语速快，在我们听来误解为"上海话"无异，这时如果桌上混入个不懂上海话的商业间谍，必定失职无疑了。

此后几天，凡公众场所，身边"阿拉"一片。李先生还是一位演讲高手，格外健谈，许多场合都能听到他的高谈阔论，而他那一口宁波"阿拉"却成为当时我眼中一个奇观，虽然，他面对我们瞬间就改为说普通话，我却总是或远或近地望着他，听他与当地人口若悬河，心中暗想，接待单位指定他接待客人可谓人尽其才！之于我，见识了甬地别样的风物人情，心下微微惊异。

所惊的是，北方人听到杭州人说出上海话，尚可理解，毕竟长三角中的两个顶点，并且改革开放后杭州与上海之关系越来越亲近，二者的关联无论从历史底蕴还是地域经济甚至行政区划，总应比沪甬之间更直接吧。再推近一些，如果从与上海毗邻的浙江地界嘉善人嘴里听到"阿拉"，我倒觉得更合情理一些。然而，这个国庆节去西塘，试着与当地人讲话或留意听他们之间的交流，试图捕捉点什么，无奈路途匆匆，最终也没听清那里的口音。

虽然，至今多次到宁波，对他们的"阿拉"也渐渐见怪不怪了，但每每坐在一起，听着他们之间的"沪"声"甬"语，仍是难抑的新奇。

再说"二"，应属经济。第一次到宁波，就由沪甬语言之间的关联，联想到它们之间可能存在的某种人文渊源，遂下意识地开始了探究，很快就发现了"蛛丝马迹"。所住的酒店大堂有一本当地财经杂志，随意翻过，上面许多当地企业界知名人士，有青年才俊，更有耄耋长者，年轻者的家世背景里多有提到祖上曾在上海十里洋场的工商界往事，字里行间也有直接获得祖辈上海遗风的传承。而那些长者，早年在上海滩摸爬滚打，一路斩关夺隘、筚路蓝缕，最终成为业界翘楚……一目十行泛泛读过，却有一种模糊的印象逐渐浮出水面：宁波与上海渊源甚久。

多次穿行于沪甬之间，渐渐对二者之间的细节有了斩获。有一年在虹桥机场候机，听到一则广播："上海飞往宁波的飞机即将登机。"随之惊异：宁波与上海之间竟有航班？在我的距离概念里，上海与宁波之间似乎近得仅在飞机起降之间就到了，为此我还专门上网查过两城之间的航班，大约用时 50 分钟，这样的结果，就让人得出结论，二者或有旅游关系，比如河北省会石家庄与秦皇岛之间就是这样的距离，而沪甬之间的旅游关系不言而喻，但我想他们之间应该更以经济关联为重。

后来的一系列事实证实了这一点。杭州朋友告诉我的一组数字，足以说明二者之间的经济关系不是一般密切：自上海开埠到今天的繁华，十个上海人中，大约有六个浙江人、三个江苏人、一个安徽人。而这六个浙江人中，大约有四个是宁波人。从前，交通以水路为尊，宁波与上海之间，从海上走便是近邻了，可借舟楫之利。航海是宁波人的看家本领，全球各地，有港口的地方就有宁波人。而上海近在咫尺，两地又同为商埠，宁波人岂肯轻易放过！

改革开放以来，宁波与上海的经济合作就经历了三次高潮：20 世纪 80 年代上海工业结构大调整和产业大转移，宁波凭借体制优势和血缘感情抢占先机；90 年代中期随着上海浦东大开发和经济结构的大调整，宁波凭借对内对外开放优势成为上海城市功能辐射和产业转移的受益者；21 世纪以来，随着长江三角洲经济一体化和上海国际化进程加快，宁波接轨上海，融入长三角，成功走向世界大市场。宁波在沪企业呈几何级数增长，不少企业把总部设在上海，显然二者优势互补，错位双赢，越来越打得火热。

还有呢，杭州湾大桥的通车，让二城之间的交通由"V"字变成"A"字中一部分，4 小时车程缩短到 2 小时甚至更短，如此，二城"约会"更为便捷，称为"鹊桥"也不为过了。

国庆节前，我又到宁波。此次面对的工作对象便是一位"老宁波"。虽在以往工作中已多有接触，却只在这次深谈才知他还是一位"老上海"。祖辈所生活的道光年间就在上海滩经营珠宝，著名的"老凤祥"就是他家祖上嫡传。全国解放后，他回到宁波，至今人已花甲。

面对他不时脱口而出的"阿拉"，初来宁波时的讶异不解，已成为会心一笑。

去沙漠看海

沙漠里有海？

假如这海，指代乌海，此言不虚。凌晨的天幕下，苍茫草原尽头，一座小城，兀然出现在眼前，宛若天际。

穿越城市，街边所有门店文字中，都用蒙汉两种语言标注，蝌蚪似的蒙文，已给人一种西域感，而车窗外渐次而过的一条条道路，除了大众性的人民路、海河路、青年路，还有乌兰北路、海达路、甘德尔街，更是蒙古族味十足。小城绿意丛丛，园林处处，一派大漠湖城的精致。

每一个首次走进乌海的人，首先探究的就是这个地名。内蒙古著名作家、原乌海文联秘书长梁存喜，如数家珍般告诉我们："乌海，即'乌金之海'"。此名的缘起，还与周恩来总理有关——原来，乌海是一个"矿"味浓郁的城市，城市因矿而建，区域内有两个地名：海勃湾和乌达。起初，人们很自然地就用这两个地名的首字，组成了"海乌"，况且，当时的市政府的确位于海勃湾，"海"字当头，"乌"字在后，谁也没有异议。但当建市报告呈到国务院时，周总理了解到海勃湾和乌达都以煤炭为主，于是提议新兴的城市命名乌海市："乌海，乌海，乌金之海嘛！"

乌海真的遍地是"乌金"。乌海的山水，"蒙"韵悠悠。城市依山而建，甘德尔意为哈达，此山蜿蜒起伏也状似哈达。远远地，仰望山巅，一座成吉思汗铜像昂然矗立，是当之无愧的制高点。神奇的是，乘坐缆车上山时，时而可见山间跳跃的岩羊。缆车下的山体上布满各种彩灯，据说，入夜时，万灯齐明，璀璨夺目，羊跃其间，引得相邻城市的人们争相前来一睹奇景。

成吉思汗像不但是蒙古族的图腾，也成为乌海的地标。铜像外观雄浑、气势巍峨。铜像的内部则建成了成吉思汗博物馆，以声、光、电、影的现代效果展示着蒙古族如烟的历史。站在铜像前极目远眺，不仅整个乌海尽收眼底，黄河大桥状如彩虹雄跨乌海湖，而湖水则与远处的乌兰布和沙漠拥吻缠绵，形成瑰丽的大漠奇观。

令大家惊呼的是，下山时，山坡上又见不止一只岩羊。山体虽植被稀疏，但这正好让散落其间的岩羊肤色与山体融为一体。司机小张告诉我们，他们经常看到人与岩羊同框，甚至有时还能拍到消失已久的雪豹……

人与自然和谐共生。第二天我们游览乌海湖时，竟能从另一个角度仰望甘德尔山了。事实上，此后的几天，无论车行何处，成吉思汗这尊铜像都360度无死角地陪伴着我们。

我们在乌海湖一号码头登上观光游艇，随着马达轰鸣，一片碧水展现在眼前。梁存喜自豪地告诉我们："乌海湖面积是杭州西湖的18倍！"泛舟湖上，顿感整个乌海背山面湖，风景绝佳。那天，天蓝湖碧，芦苇丛丛，鸥鸟自在。大家惊呼："像极了河北白洋淀和浙江千岛湖。"乌海人骄傲地说："没错，乌海湖被称为乌海的千岛湖！"大家在湖中又遇奇观：一道蓝黄分明的细线，极似黄海与渤海分界线。原来，乌海湖由黄河水蓄成，黄河穿湖而过，主河道的水呈黄色，而主河道之外则碧绿清澈。一座座珍珠般的小岛点缀其中，黄河大桥跨湖而过，波光明净，碧水金沙，浑然天成，宛如塞上江南。

穿过葫芦岛，越到湖的深处，除了一群群叫不出名字的鸥鸟，还有芦苇处处，其边缘则是淡黄色的细沙，这就是乌兰布和沙漠了。几个作家忙着给亲友发定位，谁知，此处已显示为"阿拉善盟"，船上立即有人唱起了《苍天般的阿拉善》。

到沙漠看海，于是有了地理依据。沙海相恋，沙漠与湖水犬牙交错，黄河如虹飞架，沙、湖、桥热恋纠缠，形成独特的不二景观。

从湖上回望，整个乌海又是另一番光景。高楼林立，山峦叠嶂，逆光中，甘德尔山上的成吉思汗铜像显得更加神秘而巍峨。山在城中，城在水中，山水相依。乌海文联主席魏文星说，"若在傍晚，落日把乌兰布和沙漠染成玫瑰色，湖上霞光万丈，水鸟在余晖中翻飞，游船在平静的湖面往来穿梭，远眺大漠孤烟，还可以把'落霞与孤鹜齐飞，秋水共长天一色'移来乌海呢。"

船返码头，有乌海市交通局工作人员随行。王树林，陕西榆林人，曾在西藏当兵，退伍后到过许多城市从事过多种职业。一个偶然的机遇，他竞聘到乌海市交通局水上搜救中心。他对船上来自四面八方的游客深情地说："这里就是我的家乡了！我热爱乌海，空口无凭，我亲眼见到，无论普通市民还是公务员，宁可把纸片和烟头装进自己衣袋，也从不乱扔。这样的城市，想不热爱都难啊！"

在王树林眼中，乌海的包容性堪比深圳。蒙古族、汉族一起相谐相处。这也能从乌海的作家身上窥见一斑。扎根乌海的作家们来自天南海北。他们多出身于煤矿，如今，煤炭资源枯竭，城市转型，蓝格盈盈的乌海湖，粗犷无垠的草原，奔腾不息的黄河，赋予乌海别样的柔媚与广博，而他们笔下的家乡也呈现七彩模样。梁存喜虽非土生土长的乌海人，却把多半的人生付与乌海，并成为内蒙古以及乌海历史上获得国家多项文学大奖的知名作家，多年来以其名作《莜麦地》《生命与罪犯》等驰名文坛，是内蒙古西部地区少有的享受国务院特殊津贴的作家之一。

在乌海，还有一片书法之"海"——五十六万人的城市有五十个中国书协会员。城市的每一个细节尽显书法映像：路灯植入许多书法元素，水果拼盘也是书法。乌海湖边，一座宏伟壮观的中国书法艺术馆，其规模及外观的时尚程度令参观者叹为观止。乌海这座内蒙古自治区最年轻、面积最小的城市，可以同时展出六千多幅作品，每年都有全国书法盛事在这里举办。

沙漠与海，蕴含着哲理意味。只有到过乌海，才能领略乌海的魅力。乌海就在碧水金沙里，风行草偃间，被世界定格。

迄今，在这个地球上，我去过最遥远的地方，是南太平洋的法属波利尼西亚，从日本成田机场连飞 12 小时，仿佛已到"天边"，给人一种天涯海角的渺阔。此前也见过各类"空中飞人"大"秀"他们的游历：不同的风景、肤色、语言、美食……终于我在这个春节，体验了一种全新的旅游模式——超级邮轮，把所有"不同"压缩打包，再掺入世间百态、人性沧桑，一个"微型地球"，启航了。

近八千名游客，几百名工作人员，"斗笠为帆扇作舟"，"五湖四海"任遨游。由近万人组成的临时社区，一座行走的地球村，微缩的小社会，邮轮里的世间百态、悲欢离合，别具意味。

大家聚在一起不过五六天，社区里最基本的元素是家庭，而此时的邮轮也被一个个家庭填充。这就使得登船时的乘客队伍颇为壮观：人们挈妇将雏、手推肩扛，人类的各个年龄段——中青年男女以及生命两端被"推"的"轮椅老人"和婴儿，组成一个浩浩荡荡的"社区"。为了服务好"居民"，邮轮凑齐了吃喝玩乐各个要素。一间间囊括了世界各种口味的餐厅：法式、意式、中式、日式……还有一个餐厅干脆就叫"美食共和国"，把中国及周边各国的美食一网打尽，人类的头号问题——吃，就这样被解决得轻而易举。

饮品更是令人眼花缭乱。我终于在这里集齐了毛姆在不同作品中津津乐道的朗姆酒、雪莉酒、苦艾酒……邮轮的不同位置都设置了饮品专卖或馈赠，保证让你随渴随喝。

至于"玩"，简直就是邮轮的最当红"功课"。购物内容包括日常生活中的一切，商场里竟也人头攒动。游乐场、游泳池、乒乓球、健身跑道、各种电玩、儿童乐团、桑拿池、卡丁车、舞厅、冲浪、极速滑水、迷你高尔夫、镭射对决……绝对让游客在五六天之内不重样地玩儿，并且能玩出花样。更有不同地点、眼花缭乱的各种派对，让年轻人分身乏术。

吃、喝、玩都解决后，"乐"更是邮轮的"看家本领"。几百人的"喜悦剧场"场场火爆，郭德刚的当红弟子房鹤迪跟随邮轮说相声，除夕夜里把游客逗得前仰后合。大型表演剧《元素》是大剧场的主打节目，由邮轮自己排演，不带任何政治性，内容很是奇特，从地球和人类出发，用震天的音乐、舞蹈、魔术、体操模拟风水火土、生老病死，演绎天地人间的一种原始和演进。演员则囊括这个地球上的所有肤色，其中最具特色的俄罗斯舞蹈以及欧亚混血男人与中国女孩合演的魔术，令全场多次疯狂。

《元素》把人们的激情引到燃点，海上KTV、星际荧光派对、各种乐队，把游客抛入一波波狂动的热流。老年人如果想"安静"，只能待在房间不出门，而年轻人呢，邮轮保证让他们全天候地"嗨"。一个来自马来西亚的 JAAMSS 乐队，每天 12 小时演奏着从 20 世纪 70 年代的经典歌曲到现代的流行歌曲，使用多种语言演唱流行乐、摇滚、爵士乐等多元素音乐。各种独唱、二重唱、乐器表演则集中在邮轮六楼的中庭，这个娱乐地带的节目安排则是按小时的，从未间断，大多还邀请观众参与互动。更奇绝的，每天早中晚的固定时间，由年轻的工作人员或现场教练带领，一群中老年女游客，跳起广场舞来……总之，只要你不想独处，船上为你准备了所有时段的项目，温柔而又霸道地抢占着你的视听。

"操控"这一切的娱乐总监，是一个马来西亚华人，一个很帅气的小伙，故意起了一个噱头而搞笑的名字——Kiss。各处屏幕里播放着他的"直播"，介绍整个游轮空间的吃喝玩乐，并号召乘客——"吃吃吃、喝喝喝、买买买"。

邮轮上有一个庞大的特殊群体——轮椅老人。他们的老态无需掩饰，或许不能直接判断其年龄，但成为轮椅族已经说明他们的双腿业已罢工，直立于世的日子一去不返，随时面临着生命的退场——其实人生在世，无论年长年幼，无论科技发达到将生命一再延长，退场都会在某个注定的地方埋伏着。且看这海上邮轮为"退场"所做的优雅准备——八层专设了海滨大道，一个个轮椅老人被子女推着漫步，蓝天白云，海水浩淼，海鸥绕飞……此时此刻，体现的不仅是子女的孝心，这样的美妙闲适之境，赶走了老人们大部分的凄清黯淡，甚至使"退场"增添了几分尊严，又极为"文艺"。

终于，我发现一处安静之所：船尾处，冷风中寥阒无声，喧闹的环境顿时变得空寂。我站在船尾正中，面对紧随邮轮的一重重浪花，心中默念，所有过往，随浪花，都去了——随之泪目。邮轮上随身带了一本新版《毛姆传》，想起毛姆、雨果、大仲马那些伟大的作家们，他们的离去，正如这朵朵浪花，纵使毛姆高寿 92 岁，他一生也经常把海上旅行当作获取写作素材的最佳契机，身后所有毁誉，业已追随浪花隐没而去，顿感人生通透了许多。

六层的餐饮娱乐场所边缘有一处拍卖画廊，一个操着四川普通话的女孩不断推介着各种画作。拍卖画廊里展出的作品格调高致、非同凡响，是那种在国内很少见到的风格和手法，给人以视觉的震撼和对尘世的颠覆，吸引了不少游客驻足欣赏。画的作者多为欧美人，一名韩国籍美国画家山姆·朴，他的画里全然没了韩风韩味……当我们问及为何不见中国画家时，四川女孩立即针对国内的艺术环境说了一大箩筐，认为国内难以让画家创作出有个性有特色的作品……这时，屏幕里正播放法国印象派著名画家雷诺阿的曾孙亚历山大·雷诺阿被采访的画面："如果你姓这个姓，至少一生要画一次画……"

在十六层，围着几个大大小小的游泳池以及夸张的水上游乐设施，是一圈像模像样的"跑道"，你想跑步、散步都不会受影响。跑道上有不少平时习惯了健身的男女，紧紧抓住邮轮上的跑道，时而出现类似"疯狂老鼠"的大型管道横贯头顶，而栏杆外则是茫茫太平洋，时绿时蓝的海水悠悠退向身后，而人与船与水与天做着多种相对运动……

短短五六天，船上竟然设了美容院。显然为女士准备的，可以提供一般的美容项目。当然如果你有钱，还可以做几万几十万的整容手术，有美国高级医务人员二十四小时伺候。我购买的是 VIP 客房，一个身穿白色制服的女孩主动上门，说是要免费为我和女儿做美容体验，丈夫一听，难得在这样茫茫大洋上体验美容，"你们就算长见识，去看看吧。"女儿兴趣不大，我禁不住好奇，跟随女孩去了美容所。场地真不小，十多间大小不一的屋子，我在一间小屋里体验"水疗美容"。一个湖北女孩，为我做二十分钟面部保养，她一上来就推销三万美元的美国热玛吉产品，声言"能去除面部、脖颈所有斑点和皱纹，由美籍墨西哥医生施行九十分钟的手术……"当她意识到我不是目标客户，马上蜻蜓点水般应付一下了事。

"五湖四海"并非虚言。无论哪个项目、哪个角落，不同肤色的服务人员穿梭其间，给人一种隐了国界、没了冲突、世界大同的和平印象。那个湖北美容小姐告诉我，她的同事来自美国、印度、墨西哥、俄罗斯等多个国家，工资以美金发放，每工作两三个月上陆地休息一个月。所有服务人员，覆盖了这个地球上的所有肤色。由于面对中国游客，船上的三分之一服务人员是中国人，而短短几天内我所遇到的服务员也有美国、津巴布韦、新加坡、马来西亚、巴西、加拿大、英国、法国、俄罗斯等国籍，他们佩戴着胸牌，标注着真实姓名、国籍和国旗。我们在"美食共和国"遇到一位菲律宾籍中年服务员，他发现我女儿能说英语，兴奋异常，一刻不停地与女儿交流。当得知女儿是独生女，就像发现新大陆，女儿给我们翻译："他认为，我得到了父母全部的爱，太幸运了……"总在餐厅穿梭不停的一个津巴布韦黑人服务生，能说流利的汉语，可能是为了练习语言，不停地跟中国客人搭话。

这艘来自资本主义世界的邮轮，处处表现为"等级"，"不平等"的集散地，头等舱和普通舱的乘客乘坐不同的班车，登船通道也被分开。登船后，一个门隔开了 VIP 和普通游客。大年初一在室内温泉池内，我就遇到一个"上流社会"的典范——一位 60 多岁老板模样的成功男士，白发苍苍，但保养极好，相貌堂堂，四个儿童戏水打闹着环绕身边……人们在背后窃窃私语，说这一定是个超级富豪。果然，他告诉我们，这次他们来了两家人，包下全船最豪华的第十九层最前面左右两套九十平方米的豪华套房，据说每人花了至少五万人民币……那男士说江南普通话，公司在北京，两个最小的男孩出生在美国，他轻描淡写地说起在美国乘坐邮轮时的情形：住的是一百五十平方米的全海景……

这时进来一对浙江舟山的母女，都是美人坯子，那母亲看起来像三十多岁，但其实已经六十三岁了。她看到成功男士和那一帮孩子，脱口而出："呵，他们是你外孙吧？"那男士顿时尴尬："这三个是我的孩子。"又指另一个小女孩："这是我姐姐的外孙女。"他自己那三个孩子分别不到三岁、六岁、九岁。

孩子们打闹中，那个不到六岁的男孩突然表情变得复杂——他先是注视着爸爸悉心照料不到三岁的小弟弟，偶尔低下头，眼睑低垂，右手下意识地整理着游泳裤带，借以掩饰着什么，露出与他年龄极不相称的嫉妒、不忿、忧疑……三个不到十岁的孩子，"骨肉相残"的争宠战已从他们呱呱坠地的那一刻开始？想到花朵一样的他们日后的残酷人生，不免心沉。

我们在船上确切得知，这艘邮轮将于一个月后离开中国。恰在这时，位于七楼的大剧场正在加紧演出《元素》，中间的几排座位为VIP游客预留。让中国人大跌眼镜的一幕出现了：两个VIP中国家庭为争座位大打出手，以至影响演出，Kiss被迫到十六层露天广场组织新年派对。这让几乎所有中国游客颜面尽失，整个邮轮一时间被沉重和羞赧笼罩。

直到邮轮行驶到某个经纬度，一直空无一物的海面上开始出现钻井台、船影以及某个模糊不清的黑点，立即引来人们一片低呼雀跃，此前被闲置的手机终于派上用场。手机闲置也成为邮轮的奇特景观：邮轮在公海没信号，再也不见在陆地上时的集体"低头"，取而代之的是闲适、发呆。当然，也有人把麻将、象棋带上船，或用 ipad 看剧，最常见的就是面向茫茫大海，或仰头看天。

不可思议的是，邮轮上的各个客房却有饱满的电视信号，能收到从中央一台到浙江、安徽、上海等频道。这就让除夕夜那天游客们的选择很是多元，可以在大剧场观看房鹤迪的相声表演，可以歪在床上看春晚，还可以在各处小舞台参与各类娱乐互动，更可以在室外的露天广场由 Kiss 带领，在震天的音乐中，尽情地 HAPPY。

第六天，邮轮回到吴淞码头，人们拖着行李，走过长长的通道将要踏上祖国领土。却要经历一个特殊"仪式"：工作人员把所有行李集中在一起，就见一名特警引来一只体形硕大的警犬，那灵物似无师自通，把所有行李嗅一遍。然后我们被告知："可以离开了。"

　　曾多次来梅家坞，而这次赶在了清明前（简称"明前"）。起初，我的目标并非茶山，而是直奔云栖竹径。驶入梅灵路，才恍然大悟这一时节的黄金意义：为了金子般的"女儿茶"，人们从四面八方涌来，私家车、旅游车、出租车，满满当当地把道路、景区高密度覆盖。此时，无论开车、步行，还是跟团，一双眼睛注定是不够的，眼里满满，心却不累。那些像波涛一样起伏的苍峰翠峦，那些曼妙蕴籍的茶韵春色，此刻都栖息在茶山上。

　　那天并非春和景明，轻阴，薄雾似蝉翼，但对于来自北方雾霾重镇的我来说，天堂这点雾好比小巫见大巫，轻纱袅袅只当诗意般的烟雨浪漫。郭熙在《林泉高致》里写山之四时，"春融冶，夏蓊郁，秋疏薄，冬黯淡"，此时的梅家坞就落落大方地"融冶"着。仲春的天幕下，人们对于春天，对于天堂，对于茶的热情，一点也不亚于面朝大海。

　　从云栖竹径出来，继续向前。路两旁的茶山满是采茶女，许多时尚游人围绕在她们身边，悠闲地嬉戏着在茶树间穿梭。在这场主题为茶的盛宴中，茶树早已超越了实用功能，正在被赋予娱乐和旅游的价值与功能。我被眼前一幕幕撩拨到心痒，无奈被车流挟持着向前，向前，想停都难。

印象中的杭州，处处淹没在一片吴侬软语中。此刻"明前"的杭州，哪怕在这城郊的梅家坞，南腔北调也不绝于耳。这无意中强化了我对一首老歌《采茶舞曲》的留恋。我的大姐是老三届，当年她们四个女生穿着白衫黑裙手执彩扇跳《采茶舞曲》，引得乡人阵阵喝彩。彼时虽年幼，却能隐约地想象江南春天的一派旖旎了。

当车开进一个热气腾腾的村子，村容村貌让我找到龙井村的依稀印象。右手边的茶馆门前竟有两个停车位——要知道，此时找到停车位不比中彩票容易。我停下，一个中年男人坐在他家开放式茶馆里，"请问这里卖茶吗？""你可以上来看看。"

是那种好听的卷舌音。我沿着几级错落的台阶走到茶馆里，落坐于方桌前，这才发现这里与每家门店一样，最惹眼的位置架着一只炒茶锅，他拎出一袋绿茶，告诉我，他家仅仅这些，"每家土地有限，多的也只有五六亩。"他在家里经营两个营生，卖茶和农家乐。

这个沿路而建的村子，游人拥挤着来到各个人家。主人坐在面向街道的位置，眼皮底下是熙熙攘攘的游人，不远处则是绿油油的茶山，青烟漠漠，东风染尽，白鹭飞来栖何处？

茶山上依然可见那些采茶女以及悠闲或欢呼的游人，路上不断有旅游车和私家车呼啸而过。热闹是游人的，小茶馆如一叶扁舟，中年男人稳坐钓鱼船。一丈之外，万丈红尘，他这里因茶香氤氲而显得清凉静谧，我惊奇这样的反差，只让自己尽享采菊东篱的悠然。

他递过一张名片，我按上面称呼他翁先生。翁先生一边泡茶，一边介绍。他娇小的妻子适时出来，看上去比他年轻许多，三十岁的样子，白净，安闲，面部线条柔和，夏尔丹的画《午餐前的祈祷》里微微欠身的女人，是她么？那个戴着头巾式女帽、系着围裙的可爱的主妇，闭上眼睛可知她在锅碗间忙碌着，像奉行仪式般地操持着一些家务事，赋予日常生活一种崇高意义。

没见他们的子女，一个老妇人是翁先生的岳母，坐在另一张桌旁剥着青豆，安详清淡，是这一带所有那个年龄的女人共有的神情。

后来我又去两次。名义上是买茶，其实只想走走。这时才认真打量这间茶室，"德昕茶楼"牌匾高悬门上，第一反应则是"斯是陋室，唯吾德馨"，只是"昕"或许与此谐音，寓意更为苍媚、昂扬。顶部还有一古色标牌，上书"建于1918年"。这房子由妻子的太公，一位私塾先生传承下来，她告诉我，家族中许多人从事教育，都与太公有关。

大家正品茶，翁先生起身送一个客人，回来后他说，这客人很特别，来自美国，早在半年前就在"大众点评"上订下他家后院那棵樱花树下的茶座，这一天，终于来了，带来两位日本客人……

我调侃他们为"资本家"——每至清明前，都有从安徽等地来此的采茶女，此时，她们正在他家的茶园里"十指尖尖采茶忙"。想起吕薇曾在萧山录制的《茶山情歌》中，扮成一身青衫一副儒生模样的优雅公子，面前这对夫妻就融入了"茶山的阿妹俏模样"……

翁先生家拥有五百多棵茶树，每到清明前夕总要雇请多名采茶女，"季节不等人，要抢在'媳妇茶''婆婆茶'前采完这茬。"除了工资，还要负责采茶女的路费、住宿等，农家乐的厨师人选更不敢含糊，餐厅服务员也要精心挑选。他们只有一个儿子，大学毕业后去英国曼彻斯特拿了双硕士学位，去年回来已在银行就业。此地稳定的经济环境、独特的自然景致，催生着茶农对精神世界的尊崇，能看得出他们的安适、放松、自持，不像某些地区，在动荡环境中自为，虽值得嘉许，却处处给人一种不洁的目的感。

妻子带我参观这个家的全貌。穿过一个精致的小门，来到屋后的小小庭园，俨然一方小园林，花草树木顾自优雅着，一边是烟火厨房，一门之隔即雅致到令人目眩。她如数家珍介绍各种树木，桂花是主打，还有腊梅、海棠、樱花……铺着素色桌布的茶桌旁，拱围着一方袖珍小花园，用竹篱圈围，里面种着几棵硕大的桂花、腊梅等，地面绿草茸茸，"秋天的时候"，妻子指着两棵桂花说，"树下的座位，早早地，就被客人订下了。"

彼时，天上人间呵！茶香，花香，月下……

梅家坞有了茶，何须千娇百媚，一样优雅自持。

回到茶室，靠近道路的高台边缘，摆放几盆花木，其中一盆海棠开得正盛，大大的花朵，掩映着大大小小的花蕾，而那造型显然是主人用过心的，显示一笼的精致——还有优雅。看，在这里，优雅这个词，总是吵闹着自己欢跳出来。茶，赋予梅家坞一种遗世独立的神韵，生命中本然的气息，在各个细节渗出……人格养出了茶格。在梅家坞，茶是会抒情的。

去梅家坞的那天，我正犯胃病，翁先生泡的翠色的杯中物只好眼睁睁错过，但他旋即换上一杯红茶，"这个暖胃。"如果不是亲见，我永远也想象不出这种红茶居然也由鲜绿的龙井而来。翁先生眼望远山，悠悠地说："大自然就是这样，并非要求你事事明白，它提供给你的就是这样奇妙……"面前透明的玻璃杯，胜于"鹧鸪斑中吸春露"。在这里，每一粒茶都有尊严，即使略显俗丽的茶花都是安详素净，娴静不争的低音。茶农们把"茶"和"美"打通，一招一式，都为梅家坞的优雅负责，尽管这一切悄无声息，却"文质彬彬，然后君子"。

梅家坞，让我想起一位大学教授命名的"农村中国"。我也相信，欲让世界了解"城市中国"，就把我们的北上广深推到前台，其高楼广厦、时尚奢华，绝不逊于那些老牌欧美。在城市化进程日益加速的今天，城里人对农村普遍抱有复杂的感情，逆城市化、后工业文明等不断炙烤着地球人的神经系统，从农村基础上成长起来的城市，却比农村"出落"得花枝招展、繁华富足。可是在农村，农业，作为一种生活方式，被人类保留沿用至今。

小村庄，大时代，梅家坞是这个时代的一个缩影式文本，是中国农村前进的海上航标，唤起我们心底最温暖最强劲的乡音。有一种对幸福的诠释，就是把邻居培养成绅士。不可否认，农村与城市这对"邻居"越来越"黏"了，当城市自堪"绅士"，怎么可以允许一个衣衫褴褛的农村邻居？

从梅家坞回到杭州城区，回望这位优雅的"邻居"，我将带回的清鲜的茶盒置于案头，它往往携了茶山的素朴和茶农的优雅，轻风般拂来……当我们的农村也渐次优雅起来，那将是怎样的"农村中国"呢。

南纬17度，一百年后的遇见

2017年国庆节，我从中国的秋天穿越"回"到塔希提的夏天，梦呓般，就站在了蒂阿瑞旅馆（Hotel Tiare Tahiti）门前，码头旁边的海湾里，船帆林立之间有一艘豪华客轮——高更号正静静停泊，门前的海滨大道站满了椰姿蕉影，而我并不被眼前的攘攘凡尘搅扰，我知道，这时，他正悄悄走过来，以他惯于嘲讽的眼神瞟我一眼，依然与身边那个英俊男孩仰头打量着门牌，土著人为他们提着行李，他们的身影定格在旅馆门口回头的刹那。我则把这一幕镶进一帧发黄的画框，题为：毛姆抵达塔希提。

心，隐隐地跳，但不惊惶，因为我日奔两万里，越洲跨洋，就是来寻找他的。一百年八个月零十天后，南纬17度的一个正午，阴阳暌违之间，我终于接住了他散落于地球这一隅的气息。

他在一百年前的路线是，1916年11月，从旧金山乘"大北方号"先到夏威夷，14日到达火奴鲁鲁，再到帕果帕果，之后是斐济、汤加、新西兰威灵顿（今惠灵顿），1917年2月4号到达塔希提，一直到4月8号离开。

对于我的塔希提之旅，友人定性为"疯狂"，我并不以为意。我不能冀望世间所有人都理解这样的抵达，正如并非所有人都了解他在第一次世界大战时的经历：开救护车，医院救护，后来他竟主动请缨，在作家的羽衣遮蔽下，间谍毛姆开始在日内瓦湖畔出没……不久，他染上肺病，刚刚走出疗养院，他"……想恢复心境的平和，于是我决定去南海。我从年轻时就读《退潮》《营救者》，一直想去那儿，此外我还想为自己一直构思的一部以高更一生为基础的小说获取素材。"

他惯于把热情表现为冷静，却在这一路满怀对"美和浪漫"的期待。他找到了所期望的一切，但他眼里"诺阿诺阿"（塔希提语：香呵香呵）的自然风光"并不比希腊和南意大利更美"，真正使他兴奋的是他遇见的一个又一个人，他在笔记本上记满了对他们容貌和性格的简短描述，"某个暗示，某桩意外，或是某个精心的创造""很多故事开始围绕着其中最生动的内容形成了"。《月亮与六便士》《爱德华·巴纳德的堕落》堪此担当。

为什么他没能像高更一样留在塔希提？这个问题一度萦绕着我。直到踏上这片土地，我终于明白：这是两个多么不同的人啊！对于毛姆，太平洋的幽寂沉静，塔希提的丽日沛霖，皆成为他写作素材的富矿，不仅在《作家笔记》《总结》中热情洋溢着，更有了小说集《一片树叶的颤动》。当然，若论不朽，必属《月亮与六便士》。

在我眼里，这才是毛姆的塔希提！感谢他在生命中翻江倒海的美与浪漫，如此，才有了一个不一样的塔希提。

——毛姆的生命属于这个地球，而绝不仅仅囿于地球的某一隅。

如今的蒂亚雷塔希提岛酒店（Tiare Tahiti Hotel），是个高5层的白色建筑，与海湾美景零距离，树影花魂，摇曳生姿。进至酒店，更是满室的花意，各式印花布装饰着从大堂、走廊到房间的各式用具，强烈地突出着"Tiare"主题……一是年前，他选择这间旅馆，必是因为名号中的"Tiare"。他笔下的 Tiare 应是二层，在二楼房间的露台上，尼柯尔斯船长为他讲述着困于马赛的思特里克兰德，探头就看到船长的妻子在楼下"来回走动"，船长七岁的小女儿哭啼着来找父亲；厨房里，他与胖胖的老板娘蒂阿瑞闲聊，笑眯眯地看她与中国厨子吵架，随手把一只鞋子狠狠地扔向一只偷食的猫……蒂阿瑞一边择菜，一边告诉他，她给思特里克兰德介绍了年轻的土著妻子爱塔……

当然，一百年，足以过滤如烟的旧事，塔希提几无《月亮与六便士》的气息，更无他的名字，就连高更也淡之又淡。仿佛那个"被魔鬼附了体"而弃家出走，为了追求艺术理想和灵魂的宁静远遁到与世隔绝的塔希提的白人高更，已经被一蚤年吞噬。毛姆曾让高更固执地仰望月亮，现实里的高更却时常被六便士打翻在地……

离开塔希提，毛姆是忧伤的，他曾披露自己当时的心情：轮船缓缓驶出咸水湖，从珊瑚礁的一个通道小心谨慎地开到广阔的海面上，这时，一阵忧伤突然袭上我的心头。空气里仍然弥漫着从陆地飘来的令人心醉的香气，塔希提离我却已经非常遥远了。我知道我再也不会看到它了。我的生命史又翻过了一页；我觉得自己距离那谁也逃脱不掉的死亡又迈近了一步。

几个月后，毛姆回到伦敦，旋即恢复间谍身后。这次是被派往俄国奉命阻止布尔什维克党的行动，他暗佩手枪，周旋于克伦斯基等政要名流之间，谍影幢幢中迎来"十月革命"。尽管他在不同的文章中称自己

"失败了"，却不妨碍我对他投去敬佩的目光，那是一个作家为家国大义所交出的出色答卷！在我写这篇文章的当天，一看日历，正是2017年11月7日（俄历10月25日），十月革命纪念日，一百年过去了，连俄罗斯也低调地面对这个曾经风云激荡的日子。每当想起那段惊心动魄的历史阶段竟有一个作家穿行其间，隔空与普希金握手，转身远观列宁挥舞的拳头，隐入圣彼得堡街头的喧闹，再回到某高级宾馆客房里幽灵般的魑魅魍魉……此刻回望刚刚抛入身后的南太平洋，我好想看清他的面部颜色……

塔希提椰风轻摇，欧洲战场战火连天，静冷毒舌的作家毛姆，神秘吊诡的间谍毛姆，幽默诙谐的戏剧家毛姆，快意淋漓的旅行家毛姆……我试图在瞬间把它们统一起来。当他躺在松软的沙滩上，头顶上椰子树风情地颔首，身边的露兜树叶吻着他的脸颊，他悠闲地欣赏着土著人叉鱼，他会如何想念此前和此后那些以命相抵的间谍生涯？一百年后，我站在蒂阿瑞旅馆的门前，这样的"想着"，无疑是一个动词，犹如他老人家正将一粒佛罗那（即苯巴比妥，为镇静催眠药物）递与我，我的一颗躁动的心立即被抚慰着，安宁下来。

京娘湖畔走

　　京娘湖畔，迎客厅前，一座雕像，骑着高头大马载着娇柔羞涩的赵京娘，马蹄高扬，赵匡胤手提浑铁齐眉棒，气宇轩昂地牵马向前……

　　一男，一女，一湖。一份深情缱绻的心意，一段荡气回肠的相送，一曲义礼相映的颂歌，氤氲于千年以来的武安大地。

　　若论柔媚清丽，江河湖海中，首推湖。江的恣肆，河的奔腾，海的惊澜，惟湖，波光粼粼，万种风情。然眼前的京娘湖，则不仅仅限于大自然的明山丽水了，因了那个九曲回肠的千里相送，这片秀美的山水，兀然生出诸多人间要义：义、信、勇、智、情。

　　湖畔旖旎，遐思翩跹。山环水绕间，川谷深幽，赤壁丹崖，倒人字形的湖面，拱卫着野趣盎然的贞义岛。这里不仅是京娘湖的核心景区，还是不可多得的天然氧吧，无论自然图卷，还是人文美景，无论地质奇观，还是现代拓展，都让岛如其名，草木碑石间都写满了一个义字——千里相送的大义。昔时年轻气盛的赵匡胤正是那两个响马的年龄，并且具备成为响马的环境和培养基。即使在送京娘回乡之时，赵公子由于火烧官府特意避开官道，绕行武安崎岖险峻的山间小道，哪怕有所放纵也会得到宽容和原谅，他却义薄云天、怀德自重，路见不平时义字为先。或许正因如此，一番沙场驰骋之后，才有了日后不久的黄袍加身。

从观光电梯上到八十米高的赤岩栈道，栈道沿着悬崖绝壁临水而建，环山绕行，供游人移步换景，令人心旷神怡。贞义岛的最高处——宋祖峰雄峙中央，俨然尘上桃源。站在峰顶，整个贞义半岛尽收眼底，京娘祠、公子峰一线相牵。遥想千年之前，一对青葱男女途经于此，美景当前，公子何以春心不动？

这便是一信，面对情色之惑时的清醒自知。

《警世恒言》中《赵太祖千里送京娘》开篇即是二儒与一隐士关于汉、唐、宋三朝功过的对话，三人高谈阔论之后，隐士特别点评了各朝利弊，关于宋朝，"他事虽不及汉、唐，唯不贪女色最胜。"

对于一代帝王赵匡胤，这个评价的"理论支撑"正来源于"千里送京娘"。二人伴行千里，途中不乏如京娘湖之类的绝佳山水。民间素有酒后乱性之说，其实置身柔山媚水，也极易生情，何况一对妙龄男女？今人看来，或许那呆木的赵公子实在不解风情，实则不然，公子虽一介武夫，却非"胶柱鼓瑟"，只是坦言"今日若就私情，与那两个响马何异？"人无信不立，可贵的是，赵公子在美色面前，一诺千金，足见其端持本心，意志超拔。信，支撑起赵太祖的人格基础以及日后的帝王大业。

京娘湖底的岩壁上，赵公子曾以《咏日》言志：欲出未出光辣挞，千山万山如火发。须臾走向天上来，逐却残星赶却月。其中的故事，被湖边搭衣岩村的村民口口相传：古时的行人经过湖底的那块题诗壁时，都要去看看这首诗，哪怕骑马坐骄的人，也要专程下马下轿走到石壁前观看。每当京娘湖水位下降，题诗壁就会露出来。《咏日》诗和题诗壁形成了今天的"云崖寄志"景点。"须臾走向天上来"的豪情，已具帝王之气。

"面如喫血，目若曙星"的赵公子，却骁勇善战，具有力敌万人之能。特别是在送京娘这件事上，千里相送，路远还只是困难之一，因赵公子救出京娘，他那在清油观出家的叔叔战战惊惊，担心侄子的"多事"连累了道观，但赵公子安慰叔叔："大胆天下去得，小心寸步难行。"担心两个响马为难清油观，故意讲明去向，让响马知道，这就为相送路上的安全造成了极大隐患。两个响马果然沿路追来，公子一人直面两场生死厮杀，最终辨别奸良，履险如夷，除掉了作恶多端的二响马张广和周进——此谓勇也。为京娘报仇，为百姓除害，人们千恩万谢，奔走相告，赵匡胤"不恋私情不畏强，独行千里送京娘"的故事，从此传遍河北武安和山西南部的广大地区，成为千古美谈。

乍看，一介武夫赵匡胤只懂耍刀弄枪，其实，除了敢于路见不平拔刀而起，年轻公子还胆大心细、智谋过人。赵公子送京娘的这一路，山高路远，危机四伏，如果只有公子一人，任凭打打杀杀总归一人抵挡，无涉他人。然而，有一个娇弱女子随行，无疑平添了负担，稍有不慎不但葬送自身，也枉费了千里相送的初衷。事实证明，赵公子是有这份自信的，每当他要外出，都把京娘找当地女主人精心安置，不让她受一点惊吓；当他杀死了第二个响马，不但公平合理地把响马抢掠的脏物分配给当地百姓，遣散了他们的追随者，而且未忘自己砸毁清油观魔鬼殿所造成的损失，差人捎信已踏平祸患的同时，对魔鬼殿进行了足够的补偿。这些过人的智谋也为他日后登基打下了基础。

男儿英武，仅仅义、信、勇、智在身，有义无情，终有所憾。京娘湖有情湖爱岛之称，赵匡胤千里相送的主题是义和信，但必须承认，其中必有一份情——人间至情。某种意义上，这份情超越了男女私情，直抵情字的"金字塔尖"。

古往今来，红尘男女多为情所惑，彼时，将成为一代帝王的赵公子却不为情所动，与一绝色佳人日夜同宿同眠却能坐怀不乱，难怪京娘尊其为柳下惠、鲁南子。历史各代的多种传奇书上说，赵公子千里送京娘一路走了二十多天，这在古代的交通条件下是正常的。然而他们同行的这二十多天却与常人不同，他们既要躲避官府的通缉，又要与凶悍的响马作生死搏斗，还要克服相送路上千山万水的艰难。更重要的是，二十多天在路上的共同生活，二人还必须要互相照顾。一路上公子悉心保护京娘的人身安全，经常夜里自己不睡，在京娘住的房子周围巡逻。京娘上马下马都要公子搀扶，京娘有病了，公子为她找药，端汤送食……

京娘湖的情，公子和京娘二人共同酿就。赵公子的救命之恩、侠义之举、高强的武艺，深深地打动了少女京娘，爱慕之情油然而生，决定以身相许、以身相报。公子一路上的饮食起居皆有京娘的照顾，京娘还常为公子洗衣、换服，无微不至，两相携挈，如同相依为命的一家人。今天的搭衣岩峰林景区，即为昔日京娘为公子洗衣晾晒之处。不远处的梳妆台、滴翠潭、相送门等景点，都为二人路过时的生活场景。如此温馨的画面，公子与京娘一路生死与共，外人看上去绝对等同于现实中的恩爱夫妻了。谁知赵公子绝非"施恩望报的小辈，假公济私的奸人"，正直无私，施恩拒报，发乎情，止乎礼，至情至性，至真至礼，信字当头，义字为先，让情升华。正如贞义岛上的公子峰，凝视远眺，顶天立地，气吞山河……原来，公子和京娘所成就的，实为一份大情。

假如京娘姿色平平，赵公子的推拒或无甚珍贵，可是面前的娇女却是"眉拂春山，眸横秋水""天生一种风流态，便是丹青画不真"。更难得的是，天高路远，无人约束，即使当初在清油观履行了相拜仪式，二十多天的随身相伴，也允许他违背誓言爱上京娘，这是世俗眼中的水到渠成，莫怪京娘的家人和乡人对他们一路相伴的猜测了。公子忍情亦真实，以苏轼之语：忍痛易，忍痒难。其实还是：忍死易，忍欲难。偏偏的，赵公子却是在绝色京娘面前将男女爱情升华为人间大情，儿女情长让位于至义大礼和前程大业，所以不久之后的赵太祖登基就在情理之中了。

　　不可否认，赵公子身上，还有一个莽字。正是京娘家人的成亲要求，让赵公子愤而离去，徒留京娘一人面对乡间流言，这才导致京娘为证二人清白投滴翠潭自尽。有人说，公子救了京娘又害了京娘。其实，以今时之风度量赵公子显然有失客观公允，必须承认封建礼制的局限性。旧时的情境之下，岂能要求赵公子万事周全？让性烈如火、嫉恶如仇的公子既保全了双方清名，又安于彼世，难免苛责了。莽，实为公子以上各种品质的表现形式，莽而可爱。

　　而京娘呢，"今宵一死酬公子，彼此清名天地知"。京娘虽死犹生。古往今来的感天动地之举，多为悲剧，一众刚烈男女，汇聚起悲剧的力量。京娘湖，虽为赵太祖一生文功武治、一代霸业中的红粉一抹，而他本人戎马生涯中的这份铁骨柔情，也从一个方面诠释了一代帝王成就伟业的品行要求，那就是，一个人美色当前的态度。

　　千古一送，情山义水。京娘湖，便有了别种样貌与韵致。

　　京娘湖畔走，山水证风流。义信勇智情，一曲颂千秋。

遍地咿呀

在 12306 上订票，系统总是为我默认一个"3+2"二等车厢的 B 座。考虑到每次进出还要让 C 座站起，我拒绝付款，宁可等待"2"那边的靠窗 F 座。可是系统仿佛识破我那点儿小心思，固执地仍给我"B"。最后只好在一次系统派给我的"3"的那边，选定了 A 座——毕竟靠窗。

当我进入车厢，才发现，我"中彩"了。

先于我来到座位的，是一个年轻妈妈带着两个孩子，大的五六岁，坐在靠过道的 C 座上，妈妈自己则怀里抱着一个嘴里咿咿呀呀的婴儿，坐在 B 座。我到车厢时，母亲正把婴孩放在 A 座上玩耍，看到我来，立即抱起来。那孩子冲着我，闪着一对乌亮的眼睛，小嘴一张一合地欲要跟我说话的样子。我内心苦笑一下——并非我讨厌孩子，实为近期乘飞机、坐火车时候机、候车，身旁格外"巧合"地围了一堆大大小小的孩子。倘若是长途，身边有个婴孩的滋味，你懂的。这次又"中彩"，不由得让我环视整个车厢，好么，简直到了幼儿园，车厢内弥漫着甜腻的奶粉味，以及各年龄孩子的各种哭声、笑声、喊声、咿呀声——"二孩"时代，终于到来。

两三年前的飞机火车上，还难得见一个粉嘟嘟的婴儿，眼下的这节车厢，目之所及，至少有六处，家长带着孩子。多为相似情景：一个五六岁的孩子加一个襁褓中的婴儿。就在我前排的一侧，一个年轻妈妈抱着一个比我身边的婴儿还小的孩子，她婆婆（或是妈妈）则搂着一个五六岁的小女孩。我们的座位位于车厢中部，前后排的孩子们的声音此起彼伏，或许"童语"只有同类识得，只要有一声婴儿啼叫，全车厢的孩子立即警觉地转向那个位置，所谓"一呼百应"。

我身边的婴儿，目测一岁左右，尚且不能辨别性别。母亲告诉我是女孩。女婴能勉强发出模糊的"爸爸"，却显然是在冲着妈妈，也时而对着她五六岁的哥哥。母亲告诉我，孩子刚学说话，见所有人都招呼说"爸爸"。坐在靠窗位，我得以零距离观测这个孩子的多动性：她很难在妈妈怀里安静一分钟，母亲刚把她放在她前面座椅的小隔板上，她的小腿便马上蹬到我身上，小手则伸到前排，不时抓住前排乘客的头发拉扯。那个女乘客总是宽厚地回头笑笑。

接下来，声音的"闹剧"没完没了——

母亲躲闪着喂奶，孩子嘴里吸吮着，两只小腿无规则在空中乱踢。一不留神，踢到小桌板上，哇地爆出哭声。

兄妹俩隔着母亲捉迷藏，妹妹突然"哇"一声，高分贝的童音把全车厢都震荡了。

哥哥在 ipad 上看少儿节目，声音放得震天响，与满车厢的咿呀混成一团。

隔着过道，突然，前排婴儿大哭，我身边的"姑娘"听到后，尽力挣脱妈妈，非要迈开蹒跚的步子，推开哥哥的双腿，扬着一只小胳膊，冲着她那个小伙伴而去。那边正在"哇哇"大哭的那一个却立即止住了哭声，睁着一双泪眼，盯着向他（她）冲过来的"小伙伴"……

坐在角落里的我，心想，这样一路下去也不错，"幼儿园"的世界生机勃勃呵！

车过郑州，有了"状况"。母亲要上洗手间，把婴儿托给哥哥，哥哥立即放下 ipad，试图哄妹妹玩。谁知妹妹不领情，哇哇大哭着向妈妈离去的方向挣脱，于是，哥哥抱起妹妹去寻妈妈。哭声响彻整个车厢，而妈妈暂时出不来。哥哥的体量显然还不足以抱着妹妹太久，不一会儿，他趔趄着回到座位，把妹妹"咚"地放在座位上。这可不得了，那婴儿撼天动地号啕起来。

无奈"中彩"，情势升级，我想都没想，抱起孩子，使尽浑身解数地哄。再翻遍自己包里可能让孩子感兴趣的所有"玩具"。可是那孩子哭得更痛、更响，眼泪鼻涕流满小脸儿，还用小手使劲推我……

全车厢的目光纷纷转向我们。我窘极，成为"焦点"不可怕，怕的是那孩子没半点儿缓和，"天下"大乱。我只能抱着她走向卫生间，而妈妈仍没出来，我只得在车厢连接处的门口对她又颠又哄。

孩子高分贝的哭叫催促着妈妈。她终于出来了，抱怨着"连手都没洗"，便接过孩子，回到座位。孩子尚在抽泣，妈妈塞给她那个前面一直在玩的小汽车（其实几分钟前，我给她小汽车时，她却啪啪地推开），她在妈妈怀里破涕为笑地玩起来。

刚刚经历一场"战斗"，列车广播里忽然播放起专给带孩乘车家长的"禁忌事项"公告，其中有"打闹奔跑，攀爬座椅，触摸电茶炉，手扶门缝……"

这广播内容还是头一次听到。这些年来，列车广播除了播报站点、提醒补票等信息，往往"沉默寡言"。而眼下，差不多半小时就会重新播放"带孩家长注意事项"。显然，相较那些禁烟、安全、补票等内容，这个专门针对儿童车厢行为的广播，是接应二孩、多孩时代的一道独特风景。

我起身去打水，走过半个车厢时，将那粉嘟嘟的一团团风景，整体领略。不免觉得孩子们着实惹人怜爱，而可以闭目养神的车厢风景，大概也终究要因为这些小家伙们的加入，而变得常常像在过儿童节。"一孩独霸"的时代已过去，想到那些因人口零增长或负增长而愁眉不展的国度，眼下的中国车厢风景，让人在烦躁中有点理解，在闹腾中有点心疼，在对宁静的失落中似乎又怀揣着一份不乏沉重的希望。

一入烟萝四十年

代后记

一个画面，根植脑海许久：读过旧私塾的父亲，戴一副老花镜，捧着一本黄旧的"老书"，读得津津有味。那本旧书，竖排，繁体，封面残破，但被父亲用一张不知从何处寻来的粗纸包裹，经常脱落，缺了一角，粘了泥土，甚至落上一粒变形的高粱米……后来，将要散架的时候，父亲索性找来一块破布，保护着那本"行将就木"的书。

对于尚未识字的我，父亲手里捧读的，等于天书。有时转到父亲身后，看他用钢笔在字间划着，手指间尚存刚从田间带回的土屑……他手中的书并不固定，当我认字之后，可以辨出有时是《资治通鉴》，有时是《隋书》，肯定还有别的，只是我的记忆已被时光掐断。唯一难忘的，是他那个捧读的姿势。那是20世纪六七十年代，物质匮乏，全家人三餐无继，父亲的阅读似在告诉我：书页上的文字比吃食金贵。

当我渐渐长大，能认出书页上的些许文字，这样的画面就有了重量。

一本破旧的繁体四角号码字典，或者说，我是"读"着这本字典，叩响了文学之门。

彼时的乡下，原始、贫瘠、动荡，果腹成为所有人的第一要务。父亲给这个家庭营造出一种奇特的文化氛围：物质食粮与精神食粮的同步奇缺，使得这个家庭笼罩着一种有别于邻人的别样的重度饥饿。一方面，父亲每天眉头紧锁为全家的肚腹奔走，及至夜灯如豆，他又一字一句地教我背诵四角号码口诀：横一竖二三点捺，叉四插五方框六，七角八八九是小，点下有横变零头。对于求知若渴的农村孩子，平时见过的文字本来不多，只好先囫囵吞枣地熟记口诀，然后对照字典扉页里的图形，一笔一画地揣摩、对比，很快，我居然能够熟练地使用了。

由于在这本字典，我过早地完成了繁体字启蒙，高中暑假的时候，父亲为我借来一本繁体《红楼梦》，内容虽似懂非懂，但阅读却毫无障碍。有一点可以肯定，从这本书开始，正式开启了我的读书生涯。

我的阅读之路，嗷嗷待哺，一直"营养不良"，这种缺憾日后再怎么"勤奋"也难以弥补。怎么讲？该读书的时候，书还不如现在的奢侈品，奢侈品至少还能看到图片甚至见到实物，而彼时的书不知藏在爪哇国的哪个角落，连个带字的纸片影子都很少见。如我这般对书饥渴的孩子，就成为一棵倒霉的小树苗，在嗷嗷待"水"的年龄偏偏干旱无雨，等它歪歪斜斜成年了，明显地"弱不禁风"，无论"体质"还是"风貌"绝对的先天愚弱。这也直接导致我成年后在写作上的"手长衣袖短，不敢下东吴"。

不过，尽管如此，字典阅读已让我成为小村里的阅读冠军。每当语文课到来，我最期盼的就是写作文，零散的阅读，成为我作文课上的"炫技"土壤，让我的作文很快在班里崭露头角，从小学到中学，语文老师多次在课堂上朗读我的作文，写有我名字的作文出现在全校黑板报上，那样的"荣耀"在当时大概与后来的报刊发表相差无几吧，而语文课代表这个"官职"让老师对我独有偏爱，仿佛接续着父亲捧读的画面，给了我无言的勇气和昭示，提示我可能要写点什么。

随着文字的旖旎亦步亦趋，烟萝深处，文学生根。高考后到省城求学，第一次惊讶于这个世界上竟然还有一种建筑物叫"书店"，才知自己与书的世界间隔了多久！从此双脚就像长了眼睛，人也成为书店常客。

工作、成家后，父亲有时跟来居住，每次仍带着一两本用破布包裹的书。此时那些书已经像他的人一样訇然老去、黄旧残破，仿佛分分钟风蚀成尘。他经常倚在床头或沙发，仍是那个固定的捧读姿势，陪伴了我初为人妻人母时的焦头烂额。

尽管所学专业与文学南辕北辙，一种写作的渴望在心中隐秘滋生。从晚报的豆腐块开始了我的"写作"，并不脸红的一摞发表剪报，让我从一名纺织技术人员成为一名党校教师，自认为越来越近地拥抱了文学。

一入烟萝，彳亍而行。

初站党校讲台，没有想象中的紧张，反而赢得一片赞美，以至有一段时间，我竟爱上了"传道授业解惑"，并准备当作终生职业。

可是，后来的环境如温水煮蛙。在党校时间久了，本以为更靠近文学，哪知身处的气场与文学凛然相悖，使我的"写作"更多处于地下、半地下状态。身边幸福的同事们，可以为唯品会的一张打折券手舞足蹈，也经常为学会了一个广场舞步兴奋一天，每天上午和下午，她们把教室桌椅叠放，腾出一块空地，一个小时的广场舞能让她们如沐春风。她们的美满衬托着我的纠结和痛苦，不觉间我又渐渐回到文学身边。原来，文学是为痛苦预设的，幸福和圆满不需要文学，我的写作，仍在"地下"。

业余写作的这些年，每每参加文联、作协的活动，总被一个极为有趣的现象"刺激"着：文联、作协、宣传部、报刊、出版社、广电……凡目力所及，谈及学历时，多为某师范大学中文系；往往主宾相见，"师兄""师弟""师姐""师妹"此起彼伏，让我啧啧生羡。后来扩展到全国的文友、编辑，中文系的"标牌"愈加响亮：山东大学、吉林大学、南开大学、兰州大学……北大中文系也不鲜见。往往这时，心被一次次蛰疼。倘若中文二字再缀以硕士、博士，并且此时的你恰好出现在我面前，我那满身的无地自容你算是逮定了。

太多安慰纷至沓来——"中文系未必写作，太多作家并非出自中文系"之类，表面上只好收下这贴心的善意，心底却依然觉得对方在"站着"说话。我承认安慰背后的真诚，可是每当在写作中遇到文学瓶颈以及基础和阅读的短板，心底的沮丧和低落，岂是一句安慰能够抵消？

写作之前，并未发现这么多的"中文系"啊！我所在的党校，同事的学历专业五花八门：哲学、历史、经济、政治，甚至物理、计算机，而我，纺织专业算是奇葩中的奇葩了。只有身处写作，非中文系这一缺憾立即被 N 倍放大、显形。缺席中文系，或许对人生的其他侧面并无妨碍，但对于写作，却是永远的痛：自小学起民办教师教错的字词，诸多必读作品的生疏，系统性阅读的盲点，美学、历史、哲学等知识的空白……这一切不断被"中文系"提点、发酵，几欲束戈卷甲。总之，未

194

读中文系的遗憾，在一个涂着浓重文学情怀的人身上有多沉重，即使再设身处地，也并非中文系中人所能体味。

中文，仅仅两个字，已经魅惑无垠。尤其是，你爱的是文学，那就旋即生出太多幻梦与憧憬。在我看来，没有哪个专业能比中文系更显得蓬勃生机而富有诗意了，每天浸润书香，满眼诗情画意，还没走出校门就清晰了自己的诗和远方。读文学作品再也不惧被指"不务正业"，再也无须偷偷地掩在文件下、藏在抽屉里，而是堂而皇之地广而告之——我在读书！每想到这些，心都酥了。

为了接近甚至实现久久盘踞于心底的中文系梦想，我曾试着做过多种努力。比如刚参加工作时买过成套中文系教材自学。当年分配到纺织厂工作，浸淫于纺织技术中，名曰"技术员"，一起分配来的同学都手捧专业书籍解决技术难题，而我包里随身装着的却是中文教材，尴尬与违和交替上演，整个人的拧巴，不知如何投射在他人眼前，自己却兀然默念：现代科技能搬动一座喜马拉雅山，却不能让人心增加一分善良（前苏联科学家语）……

终于，工作两年之后，上级局给各纺织厂提供了赴燕山大学全脱产进修两年的机会，前提是学习纺织机械专业。我与同学们一起参加了入学考试，我们都拿到了录取通知书。这时，我鼓足勇气找到组织部，希望改专业——改读中文系。组织部长告诉我，这次进修是"定向"的，回来后都要提拔到中层领导岗位，比如车间主任或科室正副职，"你学中文系，把你放在哪里呢？"我不假思索："去子弟学校，教语文。"

无疑，我给那位部长出了一个前所未有的难题，不过他和蔼地答应向上级转达我的诉求。结果，可想而知，被毫无余地地驳回。我依然不放弃：我自费入学总可以吧。答：并非学费问题。

经历了生活的艰辛，在理想和稻粮面前，无奈选择了后者，却怀着极为复杂的心情放弃了那次进修：想到曾经在机械理论课堂上的头疼欲裂，若再去"疼"两年，不禁战栗。

不久，厂里分来一名来自广东某大学的纺织专业女大学生。她是挟着一股咸湿海风出现在我们面前的——明艳张扬的衣妆，明目张胆的"翘班"：今天请假参加模特表演，明天又自费到上海看画展，她的理想是艺术设计。由于她经常请假，厂里多次警告，但鉴于那时纺织专业人才奇缺，我们这批毕业生被当作宝贝。终于有一天，她辞职了，到天津某大学去学她的设计。我和她住在单身宿舍的同一层，彼此房间斜对门，她离去的背影啪啪地抽我耳光，瞬间让我产生一种奇异的冲动：那一刻，从肉身中飞升出来的另一个我，正朝着不远处的河北师大中文系教室狂奔……

现实还是牵住了梦想的衣角，我让自己无比凄惨地败给了生活。此后的岁月，中文系，一直挂在理想的天幕，比月亮还遥远。

皆因与中文系无缘，导致我几度放弃写作，甚至连阅读也曾疏远。加之迎面而来的现实人生，有一段时间，我不惜对着文学躺平、摆烂，那一刻，类似"中文系不培养作家"的安慰，俨然一副美妙的麻醉剂。

我的写作，还离不开一个遥远的英国作家——毛姆。

20多年前，翻阅一本《世界名著速读手册》，一众名著一滑而过，当《月亮与六便士》这个书名进入视线时，我承认身心为之一动。认真看了简介和名句之后，当时就买了一本读完，震撼是必然的，却也谈不上多么"一见钟情"，然而从此，再读其他书时，思维的某个触点总是被不由自主地拉回《月亮与六便士》，这让我不断重读，加之这时渐渐有了网购，就买来毛姆的传记和《人生的枷锁》《寻欢作乐》《刀锋》等，这时如果再提"钟情"，我已经无力否认了。

当开启我的毛姆阅读，网购带来意外的便利，至今我已拥有九个版本的《毛姆传》、七个版本的《月亮与六便士》，每隔一个季度，都会到当当或京东查阅毛姆作品新译本，于是至今也积累了全部的毛姆作品中译本，并在 2017 年和 2024 年分别奔赴法属波利尼西亚的大溪地以及英国和法国追寻毛姆的遗迹。

毛姆式的阅读与写作成为我的生活常态，我当然明了这位毒舌作家的非同寻常，以及他那不堪的亲情，他生理上的口吃和矮小，他在人群中的自卑和腼腆，他对金钱的锱铢必较……可是他却为读者奉献了一百多部长篇、中短篇以及戏剧、散文随笔等作品，至今他依然不断"涨粉"，正应了他在《月亮与六便士》开篇时的一句话："艺术中最有趣的就是艺术家的个性；如果艺术家具有独特的性格，尽管他有一千个缺点，我也可以原谅。"

有一点是难以跨越的：尽管自从 2016 年毛姆作品进入公版，毛姆热席卷全国出版业，他的作品受到空前的追捧不假，但作为籍籍无名的我，所写的关于一个虽受追捧却被定性为二流的毛姆，无论发表还是出版，也是空前的艰难，所以迄今为止，为我出版《毛姆：一只贴满标签的旅行箱》《毛姆 VS 康德：两杯烈酒》的"鸿图巨基"出版人，以及成都时代出版社和北岳文艺出版社就令我感激涕零。

而这样的写作过程，打着文学的旗号，你必须与社会和人性中最黑暗的一面牵连。我承认，自己无论如何清高，也无法做到每天写的东西只给自己看。我可能只是"写"吗？写给谁看呢？我甘于让自己的文字始终"趴"在电脑里不见天日？遥想写作之初，如何将自己写的作品"捣腾"出去，并未用太多甚至根本没用心思，莽撞着盲投，撞上了一些"知己"，更多的是泥牛入海，报社、刊物、出版社、作协、文联，成为写作必然的绑架物，我想任何一个作者，只要他想让世界看到自己的文字，都要或远或近、不由自主跳上发表和出版这两驾战车，而这，又是我最致命的短板：社交恐惧和低情商。

这样的自知，让我一直避开职业生涯中的所有仕途，付出了降薪的代价，为的是远离人群，早日拥抱想象中的文学。不知不觉间，自己已成为文学的人质。

毛姆在《月亮与六便士》中的自我剖析时足够狠："如果我置身于一个荒岛上，确切地知道除了我自己的眼睛以外再没别人能看到我写出来的东西，我很怀疑我还能不能写作下去。"而他设计的男主人公思特里克兰德却向往一个"包围在无边无际的大海中的小岛"，一个岛上幽僻的山谷，一个人"寂静安闲地生活在那里"，就能"找到我需要的东西了……"

而我，可以吗？显然，我对自己的定力，深深怀疑。

写作着是快乐的，但发表、出版、获奖、排行榜……也衍生出重重苦恼，谁若标榜自己从容不迫、心如止水，离鬼话就不远了。特别是到了一定年龄该退场的时候，失落、不甘如小鼠噬心……有时很丧很丧，只剩下一种苍凉的疲惫和无力感，颓丧、低落、自卑、自我怀疑、身心俱疲、新一轮迷茫，一种严重的避世情结悄悄滋生。

蓦然回首，时写时歇近四十年，隐秘的欢乐和内心的冲突一直相随，哪有纯粹的获得，更多的是长长的跋涉。在这方面，我自愧低能，社恐刻板，缺少幽默感，率直不懂得迂回，我得优雅，我得风趣，还要懂得经营自己，比如书稿选个热点就被抢着出版、获奖，找个文联作协的人员合著一本书就不愁出版，有个"京牌靠山"作品就很容易"打"

出去……可是这些，都是我生命的死结，何况，我并不想让自己焊死在轰隆隆的文学机器上。

正因此，我感谢至今那些从未谋面而一直发表和出版我作品的编辑们，他们的年龄从古稀之年到90后甚至00后，我仅仅在照片里见过他们，大部分甚至连照片也没见过。

并无遗憾的是，我也曾写过相当数量"无愧于时代"的作品，经历这一切之后，我在内心隆重地让自己"回落"：我笔写我心。

记得一位华裔作家把写作比作"红舞鞋"：只要套在脚上，就再也脱不下来，一直舞到死……一位女作家告诉我："文学真纯美好，但这并不等同于与文学有关的人和事……"我和身边的一些文友往往与现实拉锯，多次喊着"不写啦！不写啦！死都不写啦！"

可是，转过身，痴迷癫狂间，不写才会死。

烟萝深处，文学不死。

2024年9月